タイムズ

「未来の分岐点」をどう生きるか

真山 仁
Jin Mayama

朝日新聞出版

はじめに

2018年末、朝日新聞の記者から、1通のメールが届いた。

19年から同紙のオピニオン面で、東京五輪の企画を始める。その一つとして、ルポの寄稿をお願いしたいという依頼だった。

〝いったい誰のための何のための東京五輪なのか。この問いに対する解を、ぜひルポで描いて欲しい〟という言葉が、心に刺さった。

ひとまず、記者に会うことにして、年明け早々に打ち合わせを行った。

そこで、提案された内容に驚いた。

1回限りではなく、寄稿は、連載でお願いしたいと切り出されたのだ。

当時、連載を多数抱えていた。また、通常は決定してから連載開始まで、取材をしたり資料を読み込んだ上で構想するので、1年以上の準備期間をおくようにしている。だが、オピニオン編集部としては、翌月からでもスタートして欲しいと言う。それは物理的に無理だ、と思った。

もっとも、資料読みと取材を行った上で、プロットを練り創作する小説と異なり、取材したことをまとめて論を立てるルポの執筆は、全体に通底するテーマと取材対象が決まれば、それほど準備期間が必要なわけではない。とはいえ、全国紙のオピニオン面で連載をする責任を考えると、軽々しく受けられるものでもなかった。

数年前の私なら、デビュー直後にオファーを受けすぎて不本意な作品を書いた反省から、「悩んだ時は、お断り」していた。

ところが、最近は考え方が変わってきた。

物事には潮時がある。それまでになかった新しい提案を受けた場合、今がその「潮時」なのだと、思うようになった。そういう機会を逃してはいけない。

また、世の中の有り様に対して「もの申す書き手」でありたいという姿勢を年々強めていて、本業の小説だけではなく、直接的な発言や批判を積極的に行うようになっていた。

時間的な問題がなければ、即答で応諾しただろう。

悩んでいると、依頼に来た記者の一人が、1冊の本を取り出した。

開高健の『ずばり東京』（光文社文庫）だ。1964（昭和39）年、東京で開催されたオリンピックにちなみ、当時の首都・東京の光と影を書き綴ったルポだった。

「前回の五輪では、開高さんに当時の東京を描いていただいた。今回は、それを真山さんにお願いしたい」

大きく出たな、と思った。そもそもそんな偉大な人を引き合いに出されても困るし、タイプも異なる。

だが、新聞社の使命として、記者ではない物書きに時代を写し取らせ、残したいという意志には報いるべきかもしれない。

果たして、どこまでやれるのやらと思いながら、私は、依頼を受けた。

目次

原則として、敬称は省略しました。肩書・年齢・組織名等は執筆当時のものです。

タイムズ

「未来の分岐点」をどう生きるか

プロローグ

安倍首相の強気な発言や
評価する人が多いのではないか」
安倍の発言は、日替わりするし、ど
んどん偽善的になる。しかし、民主党
政権で社会がひどくなったと思ってい
る世代からすれば、安倍政権は有言実
行しているように見えるのかも知れな
い。
安倍の発言には、大きな特徴がある。
全ての発言を"断言する"ことだ。
今まで、おかみは、将来の展望や政策
について、100%保証できないか
ら、言葉尻を濁す傾向にあった。
これは、国民に対しての誠意ではあ
るが、逃げ腰にも見える。
安倍はそこを変えた。
何事においてもきっぱりと断言す
る。
「日本を前に進める」
「地方が主役」
時と場所が変われば、正反対を断言
するが、それを気にする者は、ほんの
わずかだ。
未来を断言する者こそが、英雄だか
らだ。
「断言首相という見出しを取っ
秋葉原の交差点に立つ真山仁さ
、共感、現状追認……。
しかし、そ
17年7月1
日のことだ。
安倍が聖
有権者に激
なり、有
こんな
ない！
「首
ずなの
戦場

連載に当たっては、可能な限り様々な現象を、多角的な視点から浮かび上がらせたいと考えていた。そこで、タイトルは「Perspectives：視線」とした。

その一方で、通底するテーマを据えた。

同時代性の喪失だ。

日本は島国であり、長い歴史の中で、民族的にも文化的にも、単一性を尊ぶモノ（「一つの」を意味するギリシャ語）社会が形成されてきた。そのため、同じ時代を共に生きているという同時代性の認識が濃かったように思う。それが、日本の強みでもあった。

太平洋戦争後、焼け野原となった日本が「奇跡の復興」と呼ばれた高度経済成長を達成できたのも、このモノ社会の底力だった。そして、国民の多くが、経済成長の恩恵をそれなりに受け、「一億総中流」という言葉も生まれた。

だが、モノ社会は、良いことばかりでもない。日本が「勝てそうにもない」戦争に突入したのも、敗色濃厚となっても戦争を続けた理由も、「国民が一丸となるべき」というモノ社会の常識が、社会と国民を縛り付けた。

良くも悪くも、「モノ社会」こそが、日本社会だった。
ところが平成に入った頃から、日本社会で同一性が希薄になり始めた。価値観の多様性が広がった表れとも考えられるが、私には、もう少しネガティブな印象がある。

社会における家族的な結束力、いわゆる「絆《きずな》」的な繋《つな》がりが緩み、断裂が始まった。最初は、都市と地方という分かりやすい断裂だったが、都市の中でも、あるいは地方でも、コミュニティの枠が薄れていき、細かい綻びが広がった。

さらに、平成時代には、バブル経済の崩壊による金融危機や、阪神・淡路大震災や東日本大震災のような災害が起きた。いずれもが国家の存続を危うくするほどの災禍だった。従来の日本であれば、そうした災厄が起きれば結束力を強め、モノ社会としての本領を発揮してきた。

ところが、「絆」や「つながろう」というかけ声は上がったものの、どこか寒々しく響いたのだ。中でも若い世代に、未来に希望が持てないにもかかわらず、現状をあっさりと受け入れてしまう内向き傾向が、強まっている気がしてならなかった。

他人事の距離感と言えば良いのだろうか。人は人、自分に無関係なことにあれこれ煩わされたくないという、傍観者的なスタンスを取る人が増えている。

つまり、日本独特の社会主義国家的な国民の共存性を尊ぶ精神が衰退し、本格的な資本主義国家が到来したことで、モノ社会の崩壊が加速した。

国民それぞれの目標は、方向性すら同じではなくなっている。

もはや運命共同体としての日本社会は、存在し得ないのだろうか。

連載を通じて、そうした「同時代性の喪失」に対する検証をしようと考えた。

それが、秋葉原に立って考えた「プロローグ」を書いた背景でもあった。

2019年4月4日朝刊掲載

続く国難、〝愚直〟な国民は英雄を欲した

この喪失感は何だろうか。

それほどまでに、日本が変わってしまったということか。

変化は悪いことではない。だが、日本列島を貫いていた背骨が抜けてしまったように感じるのだ。

その萌芽《ほうが》は、バブル経済崩壊の時には既にあった。そして、東日本大震災で、もはや後戻りができないぐらい日本が分裂してしまったように思う。

「日本は一つ!」

「つながろう、ニッポン!」

そう連呼されればされるほど、日本が散り散りになっていく気がした。

自分は正しいのに他のやつらが社会を壊していく――。そんな自己防衛社会がじわじわと蔓延《まんえん》した。やがて時代の空気とリンクするかのように広がったSNSで、意見の異なる

他者を攻撃し、不安を払拭《ふっしょく》しようとした。

では、誰が悪いのか。

政治家、官僚、メディア、インテリ……。一言でいえば、為政者《おかみ》と呼ばれた存在だ。

日本は「偉大なる〝愚民〟国家」として繁栄してきたと思っている。それは愚かな国民という意味ではない。国家のかじ取りはおかみに任せて、ひたすら真面目に働き、〝愚直〟に生きる——。このような社会の成り立ちは、世界でもまれに見る一体感と成長を生んだ。

ところが、大震災と原発事故という国難の時に、おかみが責任を放棄した瞬間、日本は混乱に陥ってしまった。

バラバラになった社会は、リーダーを求めるようになった。強く堂々たる英雄を待望した。

そして、一人の英雄候補が出現した。

彼が現れたのは、東京・秋葉原だ。戦後、電気街として知られ、平成時代にオタクの聖地に姿を変えた。

それが、ある日〝政治の聖地〟に取って代わられた。

2012年秋、再び自民党総裁に名乗りを上げた安倍晋三の選挙の演説の場として、秋葉原が選ばれた。

その経緯を知りたくて、朝日新聞政治部で自民党担当が長かった西山公隆（48）に尋ねた。

「自民党幹部によると、麻生さんから勧められたそうです。あの場所での演説は、自民党の政治家にとっては気持ちいいのです」

かつて総裁選で、麻生太郎は秋葉原で演説したことがある。自他共に認めるマンガファンの麻生を、同じくマンガを愛するオタクたちが熱烈歓迎したのだ。

社会と折り合うのがどちらかといえば苦手なアキバの若者からすれば、麻生の呼びかけは、感激だったのだろう。事実、自民党としては、金の鉱脈を手に入れた実感があったらしい。

「演説して気持ちいい場所」が、選挙戦を締めくくる場所に選ばれるのは、情けないと思う。

だが、まさにこの瞬間、おかみと〝愚民〟は一体となったのだ。

同じ快感を安倍も味わった。そして、秋葉原は、自民党が大勝を続ける縁起の良い場所――安倍の聖地となった。

†††

19年3月、安倍の聖地を訪れた。

JR秋葉原駅電気街口のロータリー前だ。平日の午後2時、行き交う人はまばらで、客待ちをするタクシーが数台。どこにも聖地を思わせる特別感はない。

選挙戦の最終日、ニュース映像で繰り返し流れた安倍の姿を重ねてみる。安倍は選挙カーのルーフに立ち、マイクを握る。

背後にはガンダムカフェと、AKB48カフェがある。ロータリーはテニスコート1面程度の広さで、立ってみると、野外音楽堂のようだ。選挙カーの上に立てば、向かいの歩道橋に立つ人と目が合いそうだ。

ロータリーがアリーナ席で、歩道橋は2階席。しかも、ステージが高いから、両方とコール&レスポンスできる。

この空間で、ほぼ全員が我が名を呼んでくれたら、確かに気持ちいいだろう。その高揚感、分からなくもない。

とはいえ、ここで口々に安倍の名を叫び、熱狂した若者のいかほどが、投票に行ったのだろうか。

動員で駆けつけた党員をのぞけば、有名人の野外ライブをのぞきに行く程度の興味で集まった人ばかりだ。

その様子をメディアが報じ、YouTubeやSNSで拡散したことにより、普段は選挙に関心を持たない人たちの目に触れた。その一部が投票に行き、自民党に一票投じたのだろう。

秋葉原、露見した支持の軽さ

自民党が大勝した2013年東京都議選で、安倍の支援者を探った38歳の社会部記者・岡戸佑樹は、自分と同世代の答えを聞いて驚いた。

「自民党支持が多いようでした。僕らの世代は、停滞し不安と背中合わせの日本社会しか知りません。だから、安倍首相の強気な発言や、経済政策を評価する人が多いのではないか」

安倍の発言は、日替わりするし、どんどん偽善的になる。しかし、民主党政権で社会がひどくなったと思っている世代からすれば、安倍政権は有言実行しているように見えるのかも知れない。

安倍の発言には、大きな特徴がある。

全ての発言を〝断言する〟ことだ。今まで、おかみは、将来の展望や政策について、100%保証できないから、言葉尻を濁す傾向にあった。

これは、国民に対しての誠意ではあるが、逃げ腰にも見える。

安倍はそこを変えた。

何事においてもきっぱりと断言する。

「日本を前に進める」

「地方が主役」

時と場所が変われば、正反対を断言するが、それを気にする者は、ほんのわずかだ。

未来を断言する者こそが、英雄だからだ。

「断言首相という見出しを取ったことがある。でも、それがどうしたというのが、国民の反応だったと思う」

西山は、明らかに自民党政治が激変したと感じた。

まさに、分裂時代の英雄登場ということだろうか。

安倍は、それを自覚している——いや、〝していた〟。

†　†　†

しかし、そこに異変が起きる。

17年7月1日、東京都議選の最終日のことだ。

安倍が聖地である秋葉原で演説中、有権者に徹底的に攻撃され、感情的になり、有権者に怒りをぶつけた。

〝こんな人たちに負けるわけにはいかない！〟

「首相にとって縁起の良い場所のはずなのに、アンチ安倍が集結して、主戦場にした。もちろん、安倍支持者がガードしたが、それをアンチ派が非難の声で圧倒した。一体、これは何だと思っているうちに、首相のあの発言が飛び出したんです」

現場にいた岡戸は、そう振り返る。

その場にいたアンチ安倍は、せいぜい数百人程度だろう。だが、この時の模様もメディアとSNSで拡散して日本中に知れ渡った。そして、自民党は都議選で惨敗した。

聖地で安倍をたたけば、安倍は倒せる――。考えてみれば、当然の戦略だ。しかし、国民が待望した英雄なのであれば、その程度で安倍支持が揺らぐはずがない。なのに、一瞬で安倍の支持者が日本から消えたかのような現象が起きた。

そんな薄っぺらな支持だったとは。

無論、都議選時には、もう一人の英雄候補として、小池百合子が急浮上したこともあるが、安倍支持の軽さは異様だった。

その時に思ったのだ。

安倍も自民党も、メディアも学者も、〝愚民〟の心情なんて全く理解できていないのではないのかと。

彼らは軽いノリで英雄っぽい人物を支持しただけで、怒りや不安のマグマは、それとは別次元で常にたまっているのではないか。

安定しているかに見える政権が、実は得体《えたい》の知れない支持に立《りっ》していることが露見したあの日、日本のかじ取りは消滅した。

だが、日本国民が何を考えているのか、おかみはまったく把握できていないかも知れないという厳しい現実を直視し、打開するための言葉を発しなければならない。

†††

戦後我々が「当たり前」と思っていたことや「日本らしい」と信じていたことが共通認識ではなくなった。そもそもそんな常識など、今や不要になったようなムードすら感じる。

その風潮で、日本人が幸せになれるなら、それもよかろう。

だが、実際は、我々の社会の歪《ゆが》みは大きくなり、息苦しい生きにくい社会に傾斜している。

同じ時代を生きているという実感を喪失していいのだろうか。そもそも日本で今何が起きているのか。

様々な視点から、日本の自画像を描いてみたい。その視線の先に、どんな未来が見えるのかを知るために。

執筆後記

この原稿を書いた頃、安倍晋三を総理から引きずり下ろすことなんて、誰にもできないだろうと、考えられていた。

だが、異変が起きた。新型コロナウイルスの蔓延だ。

個人的な人間関係による問題で、メディアや野党がいくら糾弾してもびくともしなかった地位が、コロナ禍で揺らいだのだ。

コロナ対策の是非が問われた訳ではない。政府が国民に自宅待機を求めた「ステイホーム」のPRのために、あるシンガー・ソングライターが始めたキャンペーンを利用し、安倍自身の動画を公開したことが、多くの国民から怒りと反感を買ったのだ。

その動画は、優雅に暮らす上級国民が自宅で愛犬と戯れ、お茶を飲んでくつろぐ姿だった。

もし、状況が違えば、失笑は買うかもしれないが、他愛のない動画程度で済んだはずだ。だが、そうはならなかった。

なぜなら、その当時、国民は未知のウイルスの恐怖に戦《おのの》いていた。同時に、解決策が見えない状況の中で、経済的な不安も大きかった。にもかかわらず総理は、裕福そうな自宅でプライベートな時間を楽しんでいるではないか。

しかも、シンガー・ソングライターのエールの意図を正しく理解せず、その人気にあやかろうとした態度が国民の反感を買った。

以降、新型コロナ対策として打つ手の多くが、裏目に出た。「アベノマスク」と揶揄《やゆ》された布マスクの配給、関係官庁への根回しもなく、突然発表した公立学校の休校、さらには、総理夫人が自粛要請の最中に、大勢で旅行に出かけた事実まで発覚した。

その言動と行動は、国民を愚弄し、命の尊さを軽んじたように国民には映った。しかも、危機管理が甘く逃げ腰の姿は、国民が求めた「英雄」の姿からほど遠かった。

結果的に安倍は、史上最長の総理大臣在位期間を更新した上で、「体調不良」を理由に総理を辞した。

コロナ禍における安倍政権の迷走と国民の反応を振り返ってみると、安倍総理に対する国民の支持が、いかに薄っぺらだったかがよく分かる。

その一方で、日本社会全体が、コロナ禍で沈んでいったことを考えると、このプロローグは、結果としてその後の日本社会を考える視座としても意味を持つことになってしまった。

第一章 平成と平和

実任務が遂行された。そして、翌年6月、「国連平和維持活動（PKO）協力法」と「改正国際緊急援助隊派遣法」が公布された。

その後も、放置すれば日本に脅威をもたらす場合に軍事行動を可能とする周辺事態安全確保法（ガイドライン法、同11年）、テロ対策特別措置法（13年）など、毎年のように防衛関係の法律が制定されていく。

そして、特定秘密保護法（25年）や安全保障関連法や集団的自衛権の行使容認を織り込んだ国際平和支援法（27年）なども、制定された。

こうして見ていくと平成時代は、戦争はなかったけれど、「戦争の準備を着々と進めてきた30年だったのではないか」とも思える。

平成2年8月、欧米先進国から、自衛隊の湾岸戦争への参加が求められた。だが、人ではなくカネ（の追加支援）を拠出して、「平和憲法維持には金が掛かる」ことを痛感した。

憲法遵守を盾に国外の軍事行為に参加することを拒絶してきた日本の立場が、揺らいだ30年だったからだ。

なぜだろう。

それは、世界情勢があまりにも不穏で、心の奥底で何かが引っ掛かったからだ。

イブな「おことば」だった。その一方で、心の奥底で何かが引っ

備 着々と

厄介な平和　伝える言葉は

平成時代に、若者の心を捉えたミュージシャンの一組であるSEKAI NO OWARI（セカオワ）が、平和を歌っているのは、なぜだろう。

彼らのヒット曲「LOVE the warz」（TYOKO FUZUKO）がある。

戦争は答えに窮してしまう。戦争が起きるかもしれないぞと国民を脅して、戦争の準備を進めるのは、平和なのか。いや、戦争なんて起きないかもしれないけど、明日にでも自衛官が追い詰められた環境で、そうした過酷な環境ではないのだろうか。あるいは、被災地に出ていった記者がPTSDになったり、苛烈を取材の検視のために遺体を水で隊もある。

明治維新以降、年号は天皇が亡くならない限り変わらないという「常識」があった。

ところが、平成天皇は、それを破った。

ご自身で「平成」という時代の終わりの日を決めたのだ。

西暦で言えば2019年4月30日に、平成は終わることになった。

そのため、私の元にも、平成を振り返る取材依頼が何件かあった。平成を象徴するバブル経済崩壊を描いた小説『ハゲタカ』(講談社文庫)の著者だからのようだ。

お陰で、平成は、経済的に最悪の時代だったという話ばかりをすることになった。

そんな最中に発せられた平成天皇の「おことば」は、衝撃的だった。

私が平成時代に対して持つネガティブな印象が一変するほどの力があった。

一方で、平成が平和な時代だったと言い切れるのだろうかという、天の邪鬼な考えが頭をもたげた。

世界に目をやれば、日本の軍事的な貢献が西側先進国から強く求められていたし、中国の軍事大国化、さらには北朝鮮のミサイル発射など、戦争の風が吹き始めていた。

また、突き詰めて考えていくと「平和」という言葉のあやふやさが気になった。

平和とは何か。戦争をしないことなのか。

それは、自国の努力だけで維持できるものなのか。

平和憲法があれば、平和は保たれるのだろうか。

日本社会を批判する時に、よく「平和ボケ」という言葉が使われる。

日本には「平和憲法」があり、戦争を仕掛けないのだから、戦争なんて起きないという危機感を有しない発想を揶揄してだ。

だが、戦争は暴力的な悪意を持つ者の犯罪ではなく、軍国主義者の暴走から始まるものでもない。

政治学的には、戦争は外交手段の一つだと考えられている。

過去の大きな戦争の大半は、偶発的だったり、回避するはずだったのに、様々な要因が重なり、それができずに起きた。

また、武力を持たなければ、戦争に巻き込まれないという発想は、現実的ではない。日本ほど豊かな国が無防備な状態であれば、侵略されるのは当然という発想が、必要なのだ。

世界中で紛争が起こり、国家同士の戦争も続いてる中、それを「日本では起こりえない」と考えるのは、無邪気で愚か過ぎる。

しかし、この国の平和を願わない者は誰もいない。
平和とは何か。それを改めて考え直すことで、平成を総括してみようと考えた。

2019年4月27日朝刊掲載

戦争の準備、着々と進めてきた30年

まもなく平成が終わる。

敢《あ》えて回顧するならば、平成時代は、その名とは裏腹の騒擾《そうじょう》の30年だった。経済的混乱と自然災害に振り回されっぱなしで、日本人の傲慢《ごうまん》を誰かが戒めているようにすら思えた。

そんな平成回顧が溢《あふ》れる中で、ある人物の発言が一際《ひときわ》光り輝いた。天皇だ。

平成31（2019）年2月24日、在位30年記念式典の「おことば」の中で、陛下は以下のように述べられた。

「平成の30年間、日本は国民の平和を希求する強い意志に支えられ、近現代において初めて戦争を経験せぬ時代を持ちました」

誰もが抱いた「平成はどうしようもなく、ダメな時代だった」という諦観《ていかん》を一気に吹き飛ばす、迫力あるポジティブな「おことば」だった。

その一方で、心の奥底で何かが引っ掛かった。

なぜだろう。

それは、世界情勢があまりにも不穏で、憲法遵守《じゅんしゅ》を楯《たて》に国外の軍事行為に参加することを拒絶してきた日本の立場が、揺らいだ30年だったからだ。

平成2年8月、欧米先進国から、自衛隊の湾岸戦争への参加が求められた。だが、日本は平和憲法堅持の立場を守り、人ではなくカネ（同年に平和回復活動に計20億ドル、周辺諸国への経済支援として20億ドル、翌年に90億ドルの追加支援）を拠出して、「平和憲法維持にはカネが掛かる」ことを痛感した。

さらに、世界平和の維持に直接参加せず、全てをカネで解決する卑怯者《ひきょうもの》のような印象を、世界に与えた。

日本の弱腰に国際世論は収まらず、結局平成3年1月29日、自衛隊法100条の5において史上初めて、自衛隊の海外実任務が遂行された。

そして、翌年6月、「国連平和維持活動（PKO）協力法」と「改正国際緊急援助隊派遣法」が公布された。

その後も、放置すれば日本に脅威をもたらす場合に軍事行動を可能とする周辺事態安全確保法（ガイドライン法、同11年）、テロ対策特別措置法（13年）など、毎年のように防衛関係の法律が制定されていく。

そして、特定秘密保護法(25年)や安全保障関連法や集団的自衛権の行使容認を織り込んだ国際平和支援法(27年)なども、制定された。

†††

こうして見ていくと平成時代は、戦争はなかったけれど、「戦争の準備を着々と進めてきた30年だったのではないか」とも思える。

ただ、日本は戦後、世界平和に対する姿勢があまりに消極的過ぎたのは事実だ。先進国の一員として世界経済の一翼を担い、多大なる恩恵を受けている日本が、自国の憲法を振りかざして、「軍備で世界貢献はできない」と突っぱねるのは、非礼だと誹《そし》られるのも当然だ。

だから、先進国クラブとしての対処を、もっと早く行うべきだったのだ。

国家機密を守る法律やテロを断固たる態度で防ぐ法律なども(法律の中身には問題があるが)もっと早く制定しなければならなかった。

ところが昭和時代には、それらの法律が、戦前の思想摘発や国家統制を想起させるために、政府は法制定に及び腰であり、世論の拒絶反応が、強くもあった。

平成になって、そうした法律がようやく制定できたのは、国民の拒絶反応が弱まったと見るべきなのだろう。

ただ、平成がそういう時代だったとしても、この5年ほどの世界情勢を見ていると、日本はいつ戦争に巻き込まれてもおかしくない状況にはある。

だからこそ、陛下が在位30年の式典で、強く平和を希求したことは、重みを持って国民に受け止められた。

我々は平和をここまで堅持できた。国際情勢がどうなろうと、これからも平和を守らなければならない――。

陛下が、「おことば」の中で、美智子皇后の歌を一首披露している。

〝ともどもに平《たひ》らけき代《よ》を築かむと諸人《もろひと》のことば国うちに充《み》つ〟

天皇皇后両陛下が、これまでいかに平和に心を砕いてきたのかが、その歌にも満ちている。

両陛下の強い思いは、どこまで国民に届いただろうか。

平成時代は、沖縄の基地問題以外で日本国民が平和に神経質になったことはなかった。

それどころか、平和について真剣に考えることが減ってきてはいまいか。

厄介な平和、伝える言葉は

平成時代に、若者の心を捉えたミュージシャンの一組であるSEKAI NO OWARI（セカオワ）が、平成24年に発売した「Love the warz」という楽曲にこんな歌詞がある。

〝不自由がなければ、自由もない　だから戦争がなければ、Peaceもないのかい〟

〝そうさ僕らは幸福世代　僕らの平和を守るため　僕らの世代が戦争を起こします〟

この曲を、初めて聴いた時の衝撃を今も鮮明に覚えている。

彼らの問いに自分は答えられるだろうかと考えもした。

彼らを「中二病」と呼び、その歌を「戯言《たわごと》」という人が多い。

中二病とは、思春期に特徴的な、過剰な自意識やそれに基づくふるまいを揶揄《やゆ》する俗語らしい。具体的には、不自然に大人びた言動や、自分が特別な存在であるという根拠のない思い込みなどを指すともあった。

果たしてセカオワが、中二病なのかどうかは分からない。

だが、もし、彼らが妄想に膨らんだ子どもだと言うのであれば、彼らが歌った「戦争がなければ、Peaceもないのかい」という問いに、大人は答えなければならない。

戦争がないことが、平和ではない。

真理はそこにあるはずなのに、じゃあ、平和って何？　と問われたら、私は答えに窮してしまう。

戦争はしていないけど、明日にでも戦争が起きるかもしれないぞと国民を脅して、戦争の準備を進めるのは、平和なのか。

あるいは、戦争なんて起きないから、武器は全部捨てて、米軍にも出て行ってもらおうと訴えるのが、平和の有り様なのだろうか。

それらが、大人の答えだとすれば、背筋が寒い。

何より、若者の真剣な問いに、大人がガキの妄想と吐き捨てること自体が問題だ。

相対的な視点でしか、物事が語れなくなった社会は恐ろしい。

〝Peaceの対義語の戦争を無くすため何回だって行う戦争〟と歌うセカオワの叫びに我々は真っすぐに向き合って、答えを返さなければならない。

†　†　†

もう一つ、戦争と平和について考えさせられる出来事を、先の歌が発売された前年の23

年に聞いた。

場所は、東日本大震災の被災地でだ。

小説家として、被災地の現状をこの目に焼き付け、自問自答をしたくて、震災発生の4カ月後から、2、3カ月に一度のペースで被災地を巡った。

そんな中で、ある人から自衛官の悲劇を耳にした。

「林の中で、若い自衛官が自殺しているのが何度も見つかった」

理由や真偽のほどは、定かではない。

被災地に最初に入り、ヘドロにまみれた場所で生存者を捜索し、多くの遺体を発見したのは自衛官だ。中には、検視のために遺体を水で洗い続けた部隊もある。

そうした過酷な環境に耐えられず、自衛官が追い詰められ、死を選んだのではないのだろうか。

あるいは、被災地に最初に投入された記者がPTSDを発症し、記者を辞めたり、苛烈《かれつ》な取材現場に戻れなかったりしたと聞く。記者の多くは、震災直前まで警視庁担当など、凶悪事件の取材を行っていた強者《つわもの》だった。

なぜ、そんなことが起きたのか。

我々が死から遠くなってしまったからではないだろうか。

現代の日本では病院で亡くなるのが、一般的だ。医師が臨終に立ち会い、計器が心臓停止を伝える。亡くなったばかりの人には、体温があり、今にも眠りから覚めそうだ。

だが、〝死〟や〝死体〟は、もっと冷たく腐臭が漂うようなこともある。

皮肉なことに、戦争がないために、自衛官も記者もそうした過酷な死に触れる機会を失ってしまった。そして、災害現場という、別の場所で突然、理不尽な死やむごい死体と向き合わされる。

平和の中で、死すら実感できずにいることは、問題なのかもしれない。

それでも、我々は未来の子どもたちのために、戦争ではなく平和を選ぶだろう。

平和のために誰かを殺すのではなく、戦争がなくても、平和の大切さを、訴え続けなければならない。

あるいは、平和の危うさを、国民全てが共有する必要もある。

戦争より、厄介な平和を伝えるため、我々は新元号「令和」を前に、どんな言葉を発すればよいのだろうか。

執筆後記

そもそも平成とは、どんな時代だったのだろうか。

混沌として、日本人から自信と希望を奪った30年余だった――という印象が強い。

確かに、日本が一度も戦争に巻き込まれなかったという意味では、「平和な時代」だったのかも知れない。

だが、実際、戦後ずっと成長神話を信じていた日本人に、神話の終わりを告げた時代だったのは、間違いない。

にもかかわらず往生際が悪く、危機の原因を精査も総括もせず、未来の危機についての対策もせず、全てを水に流すような無責任なリーダーが、この国に蔓延《まんえん》した時代でもあった。

平成が始まったのは、1989年1月8日。バブル経済が大膨張していたジャパン・アズ・ナンバーワンの日本経済絶頂期だった。土地も株価も、絶対に値下がりしないという「神話」の下、多くの国民が、投資熱に浮かれていた。

金融機関は、担保の数倍の融資を押しつけ、マネーゲームに参加しない企業は、「出来の悪い時代遅れ」と誹られた。

誰もがさらなる成長を信じて疑わなかった同年末を最後に、日本経済は奈落への長く深い坂道を転がり落ちていく。

株価や地価を冷静に観測すれば、数値はほぼ一直線に下降したのにもかかわらず、経済の専門家を含め、多くの人が下落を「一時的なもの」と見て、暴落について真剣に考えていなかった。

「バブル経済が崩壊した」と国民が実感したのは、6年後の95（平成7）年だった。しかも、それを後押ししたのは、1月に発生した阪神・淡路大震災であり、3月に起きた地下鉄サリン事件だった。

経済とは直接関係のない未曽有の大災害と大事件が起きて、ようやく日本人は、目を覚ましたのだ。それでもなお、「まだまだ復活できる！」と叫んでいた一部の「おめでたい人々」も、97年の山一證券の破綻で、もはや現実の厳しさを認めざるをえなかった。

この約9年の政官財、そして、メディアの態度こそが、平成時代の本質だった気がする。

すなわち、深刻な事態が起きているのに、それを認めようとせず、問題を次々と先送りし、時にはウソで塗り固めてしまう。さらに、責任を取らない政治家、経営者が、そのまま社会にのさばった。

メディアは、批判はしても、本質的な問題を掘り下げることを怠った。

言ってみれば、日本社会を支え牽引《けんいん》していくべき立場の者が、共犯者となって「バブル経済崩壊」を、なかったことにしようと腐心したのだ。

金融機関が次々と破綻しても、刑事責任を問われ有罪となった経営者は皆無だった。それどころか、誰もが「バブル経済に踊らされた被害者」のような態度を崩さなかった。

どん底に落ちてしまった日本を救うために汗をかくどころか、人件費という一番削りやすい経費を削り、数字的には景気が浮上したように見せかけた。

さらに、それまで家族主義的な組織と社会主義的な国家の下で、多くの日本人が享受していた「それなりの豊かさと幸せ」を消滅させることによって、国家と大企業は生き残ったのだ。

こうして、日本社会から責任や義務を負うという「覚悟」が消失し、叶うなら災いの火の粉がかからない生き方を選ぼう、というムードが蔓延し、気づくと、それを問題視する声すら上がらなくなってしまった。

何より辛いのが、平成が終わりを告げようとした時に、この無責任社会を検証し、令和で挽回《ばんかい》しようとする動きが少なかったことだ。

このままだと、令和は「平成より酷《ひど》い時代だった」となりそうに思えてならない。

「物」の重要

第二章
令和と新札

それによって、世界で流通するお金
の額が大膨張した。
は止めようがない。もはや、その潮流
でいる。
と誰もが思い込ん

だが、翻ってみれば、経済とは、
もともと物々交換から始まっている。
いが交換に値する物を持っている。そ
れが、交換したことで、市場が生ま
れたのだ。

それが、交換する物の量が増え
た。　　　　　　　　　　　欲
しい物と交換したことで、市場が生ま
互

決済を効率的に行いたいという考
えの下、貨幣が生まれた。ま
た、
当初は、金などの貴金属を用いるこ
とで、貨幣の価値を貨幣に持たせた。
だが、貴金属は重く、持ち運びにも不
便だった。そこで軽い紙幣となった。
相応の価値を貨幣に持たせるこ
紙幣の価値を担保するのは、通貨の発
行元の価値を担保するのは、通貨の発
いう共通認識の現れ。
通貨の発

世界経済の現実
米国に

ックは、それを残酷なま
た。世界を駆け巡っていた
なマネーが突然滞って
に甚大な被害を及ぼした
2008年に起きたリ
が膨大になればなるほ
在化した時の被害も甚
の管理能力を超えて
そこで流通
した方がいい。

世界経済の拡大と先端技
が、人類を幸せにするこ
いて、一度立ち止まると
来たと私は思う。
口をイメージさせる令和という新
の時代が幕を開けていく
そして、くしく

米国に
世界経済の現実
発行する国家とい

のかを疑って
だが、本当にそれが
きた。
進拡大する「民(こよ)」と考えられて
これらの現
金ではなく
実際に流通
ところが

印刷局で、1億円相
抱えてみた。
えてみよう。
われよう
口を弾弾され
回られよ
やわれ
ない
令和初

令和を迎えて、新時代を、どのように語ろうか――。なかなか妙案が浮かばなかった。

2019年初夏の日本は、コロナ禍の片鱗もなく平々凡々、年号が変わっても、全く日常の変化を感じなかった。

繰り返される「令和初」という謳《うた》い文句が白々しく響き、それ以外に話題がないのかと思っていた。

そんな中で、「飛び込んできたのが、お札を一新する「改刷」のニュースだった。

電子決済が進み、市場に出回るカネが爆発的に増えた。しかし、それに伴って現金が飛び交う光景が増えるわけではない。

それ以前から、銀行の総資産額が膨らんでも、金庫にお札は増えず、実体経済は、市場に出回る貨幣の総数よりも圧倒的に巨大化していた。

既に、お金の認識が変わってきていた。

ならば、それを語ろう。

経済の混乱に終始した平成の30年を踏まえ、令和の我々は強欲をどう自省し、カネと向き合うべきかを考えてみるのは、重要だとも思った。

ＩＴの進化も後押しして、既に人類がコントロールできないほどにマネーという名の怪物は巨大化し、世界を跋扈《ばっこ》し始めている。

その膨張を抑えなければ、再び経済は破綻《はたん》するだろう。

新札の誕生を切り口に、新時代の「お金」について考えることにした。

2019年6月7日朝刊掲載

改刷で浮かび上がる、カネの正体

「令和」が始まって1カ月が過ぎた。メディアでは、連日「令和初！」という言葉が躍っているが、既に食傷気味になった気もする。

元号が変わったといっても、日常はさして変わらない。果たして改元が我々国民に直接的な影響を与えることはあるのだろうか。

そんな中、改元を意識したと思われる心機一転のリセットが、政府から発表された。日本銀行券の改刷、新札の発行だ。

キャッシュレスが叫ばれる中、アナログな新札に衣替えするぐらいで、経済が活性化するのか――。

新札投入は、経済活性化の起爆剤になると政府は期待している、とメディアは報じる。

「低金利時代に増えたタンス預金が、新札導入を機に市場に出てくる」という政府の思惑もあるらしい。

改刷はそんなに劇的な効果を呼ぶのか。そもそも改刷とは何か。

そこで、造幣の現場を一目見ようと、東京都北区にある国立印刷局東京工場を訪れた。

1931年に完成した本館は、外界の経済動向などどこ吹く風とばかりに森閑としている。

印刷局員に先導されて、造幣の工程を見学すると、工場内は昭和の気配が漂っている。

そう感じるのは、作業員の数が多いからだ。IT化が進む現代の趨勢《すうせい》とは別の時間が、流れている。

驚いたのは、大量の紙幣が毎日造幣されていることだ。国内4工場で、年間に印刷される札の枚数は、約30億枚にも及ぶ。これほど毎日刷り出しても、市場に札が溢《あふ》れかえることはない。紙幣は経年劣化が激しいので、常に新札が求められるのだ。千円札と5千円札は1〜2年、1万円札でも4〜5年ほどで廃棄処分となり、新札と交換しなければならない。

丁寧に印刷し、様々な特殊加工も施した後、徹底的な検品が行われる。その上で、お札一枚一枚が、裁断されていく。

そして、この日、40億円の「現ナマ」を間近で拝む体験をした。

今や巨大企業のM&A（企業合併・買収）ともなると、数千億円単位の金が飛び交う時代になったが、40億円の現金を間近で見る機会など、巨大投資ファンドのトップですらないだろう。

造幣の工程で目にした裁断前の1万円札は、どれほど大量でも心動かされないが、帯封された札の山は、強烈な存在感で迫ってくる。カネという魔物が目覚める瞬間であった。

さて、改刷は20年ぶりとのことだが、決して短いわけでなく、最大の目的である「偽造防止」のためには適切な時期であるらしい。経済効果なども期待できるのではと、財務省国庫課長に問うても、「偽造防止です」の一点張りだ。

偽札防止のための改刷という理屈は分かる。だが、現状、日本で偽札が流通しているという情報を耳にしない。それでも、早めに対応するに越したことはないし、何よりも紙幣の原版を作製する工芸官の匠《たくみ》の技を維持するためにも、20年間という間隔が最適らしい。

近年の印刷技術の進化は、ますます目ざましい。すかしやホログラムに加え、ユニバーサルデザインの工夫にも注力し、よりいっそう使いやすく、そして貨幣価値の信頼を守る新紙幣が誕生する。

新紙幣が登場したからといって、劇的な経済効果は期待できないかもしれない。しかし、平成から令和という変化を機に、社会の「気分」がリスタートするということには、ひと役買うのではないかと私は期待している。

†††

平成が終わる日、あるテレビメディアに出演して、新元号をどう思うかと尋ねられた。「今日は雨が降っているが、雨に令と書いて、零＝ゼロになる。失われた30年などと言われた平成からリセットし、ゼロスタートを切るべきだ」と答えた。

平成とは、昭和の後始末のために費やした30年だと、私は位置づけている。だから、令和はゼロスタートで始めるべきだと考えていたところ、当日の雨とリンクしたのだ。そして、経済の血液であるお金についてもリセットすれば、これまで見えていなかったものが、浮かび上がってくるのではないか――。すなわちあらためて「カネ」とは何かを考えるのだ。

「魔物」の重量、忘れるな

21世紀になって電子決済が身近になり、世界中の市場では現金ではなくコンピューター上で巨額の支払いが行われるようになった。

それによって、世界で流通するお金の額が大膨張した。もはや、その潮流は止めようがない、と誰もが思い込んでいる。

だが、翻ってみれば、経済とは、そもそも物々交換から始まっている。互いが交換に値する物を持って集い、欲しい物と交換したことで、市場が生まれたのだ。

それが、交換する物の量が増え、また、決済を効率的に行いたいという考えの下《もと》、貨幣が生まれた。

当初は、金などの貴金属を用いることで、相応の価値を貨幣に持たせた。だが、貴金属は重く、持ち運びにも不便だった。そこで軽い紙幣となった。紙幣の価値を担保するのは、通貨の発行元の信用度だ。

通貨とは、発行する国家そのものという共通認識の根拠でもある。

世界経済の決済通貨がドルなのも、米国には強大な国力があるからだ。

ところが、キャッシュレス化が進み、実際に流通しているカネの大半が、現金ではなくなった。次々と現れているこれらの現象は、グローバル経済を推進拡大する「良いこと」と考えられてきた。

だが、本当にそれが「良いこと」なのかを疑ってみるべきではないか。

すなわち、世界経済の原動力であるマネーが、デジタルの中だけで秒単位で行き交っている現実を、もっと警戒した方がいい。

そこで流通している額は、既に人間の管理能力を超えているし、扱う金額が膨大になればなるほど、リスクが顕在化した時の被害も甚大となる。

2008年に起きたリーマン・ショックは、それを残酷なまでに証明した。世界を駆け巡っていたはずの莫大《ばくだい》なマネーが突然滞ったことで、世界中に甚大な被害を及ぼしたのだ。世界経済の拡大と先端技術の進化が、人類を幸せにするという発想について、一度立ち止まり、熟考する時が来たと私は思う。そして、くしくもゼロをイメージさせる令和という新元号の時代が幕を開けた。

今こそ、リセットしてゼロ発進する時である。世界経済の敵だと糾弾されるかもしれない。だが何と言われようとも、人間社会がマネーに振り回される事態をたたき壊さなければならないのだ。

†††

印刷局で、1億円相当の紙束を手で抱えてみた。その重さ、約10キロ。それが札だと思うと、実際の重量以上に重く感じる。

1億円なんて、はした金だと、グローバル経済の勝者は言うかもしれない。だが、そう嘯《うそぶ》く者の何人が、実際の1億円の現金を手にしたことがあるのだろうか。

人間の傲慢《ごうまん》の象徴として、国際金融の膨張をバベルの塔になぞらえる人がいるが、それが意味するものは、現在のマネーの氾濫《はんらん》の、もっと本質的な部分ではないか。

旧約聖書に記されているバベルの塔の物語では、共通の言語を持った人類が、全能の神に挑もうとしたことの顚末《てんまつ》が描かれている。結果、人類は神の怒りを買い、それまで共通だった言語はバラバラになり、コミュニケーションできなくなってしまう。意思が疎通できなければ、団結できないし、神に挑もうという傲慢も生まれない。

やがて時がたち、20世紀末になると、今度は、ドルという〝共通言語〟を人類は手に入れる。それは国境を越え、通貨として威力を発揮した。そして、人間はドルの力によって全能の幻想に支配される。

リーマン・ショックが、神の怒りによって起きたわけではないだろう。だが、傲慢で節度を失った人類が必ず陥る一つの結果が、リーマン・ショックだったのは間違いない。

にもかかわらず、人類は懲りない。

それどころか、電子マネーという地球最強の怪物を生み出して、世界中の人の理性や倫理観を狂わせている。

マネーという魔物を、その質量で実感する――。デジタル技術が一層進化するであろう時代だからこそ、人間にしか分からない感覚を鍛え、研ぎすませる必要があるのだ。

令和時代で、社会がどんな形でリセットされるのかは、分からないが、ＡＩやロボットという最先端の科学技術が社会の常識を覆しにかかるのは間違いないだろう。

令和のリセットによって、人が機械やカネに隷属してしまった、なんてことにならないためにも、お金の重さを我々は忘れてはならない。

コロナ禍によって、世界中で「現金は扱わず、電子決済をしましょう」と喧伝《けんでん》されている。

お金は多くの人の手を介しているため、ウイルス感染の媒体になっている可能性があるからだ。

子どもの頃、母から「お金を触ったら、手を丁寧に洗え」と何度も言われた。同じ理由からだったが、だからと言って、貨幣の扱いを止める発想はなかった。

ところが、未曽有の新型ウイルスの猛威と恐怖によって、感染の可能性があるものは、できるだけ排除することが望ましいとされ、貨幣もその対象となった。

その結果、若い世代と主婦の間で緩やかに広がっていた「○○Ｐａｙ」と呼ばれるスマートフォンでの電子決済が急速に浸透し、レストランからコンビニまで、使うのが当たり前となった。

それどころか、現金で払うと「非国民」のような目で見られることもある。

だが記事で書いた通り、カネの重みを忘れると、我々は自分の懐具合も気にせず、消費に走る。コロナ禍で、家に閉じこもっていればなおさら、ついついネット通販をしてしまう。

消費の範囲でいるうちは良いが、それが浪費になり、やがては破産の憂き目に至る可能性もある。

大袈裟ではなく、人間は欲望に弱い。だから、様々な方法で、その欲望を止めるストッパーが必要なのだ。

コロナ禍で鬱屈《うっくつ》が溜まり、私たちは大切なストッパーを失いつつある。

1億円を持ち上げた時の重み——忘れまい。

第三章 ゴーン・ショック

この回を執筆する前に、朝日新聞からゴーン事件について、インタビューを受けている（56ページ参照）。

そこで私は、「現段階では、日産事件3部作の第1部が終わったところだ」と答えた。ドラマは、第2部、第3部と続くと予告したのだ。

第1部とは、刑事訴訟法改正で可能となったばかりの司法取引を用いて、日産社内からの内部告発によってゴーン逮捕が実現した「社会部・特捜検察編」だ。

ちょうどこの頃、私は『週刊文春』で、「ロッキード　角栄はなぜ葬られたのか」を連載していた。

1976（昭和51）年に発覚したロッキード事件は、日本政府高官に対し、自社製品売り込みのために賄賂を贈ったロッキード社の社長ら幹部の免責を条件に、嘱託尋問を行ったことで、重要容疑者の名が浮かんだ。そして、前総理だった田中角栄が東京地検特捜部に逮捕されたのだ。

当時の日本の刑事訴訟法には、司法取引を（嘱託尋問も）認める条文がなかった。

そのため、ロッキード社幹部の顧問弁護士から、検事総長と最高裁裁判所長官が「免責」を認める宣明書を求められ、検察庁と最高裁判所はそれに応じた。

その時から、実に40年余りを経て2018年に、ようやく司法取引を認める条文が成立した。

司法取引とは、被疑者や被告が、検察や警察に捜査協力をする見返りに、自らの犯罪を不起訴、あるいは求刑を軽くしてもらう制度（刑事訴訟法第350条の2）だ。

日本の場合は、欧米の制度よりも容認範囲が狭く、他人の刑事事件が前提で、贈収賄や企業に関わる経済犯罪、薬物、銃器犯罪などに限定されている。

国会議員が関わるような贈収賄事件や大規模な詐欺事件などでは、物的証拠を入手することが難しいケースが多く、内部告発や関係者の情報提供が重要な決め手となる場合があり、その有効活用が期待されている。

ゴーンの逮捕は、刑訴法改正後2番目の例なのだが、逮捕者が、日産自動車という世界的企業のカリスマ経営者だったことで、「司法取引」の有効活用として、話題となった。

東京地検特捜部は、逮捕を警戒して外国にいたゴーンを日本に呼び戻し、帰国した羽田空港で逮捕する瞬間をメディアに取材させるという、劇的なシーンを用意した。

「ロッキード」の取材に協力を仰いでいた元検事の堀田力《つとむ》氏に、ゴーン逮捕の感想を聞く機会があった。

堀田氏は、ロッキード事件で、司法取引や嘱託尋問という当時としては前代未聞の日米捜査協力を取りつけ、実行した立役者だ。

ゴーン逮捕については、「司法取引がようやく日本の刑訴法で認められたことを、象徴する事件という意味では意義があった」とするものの、「事件を精査すると、わざわざ司法取引で立件する必要があったのかという疑問が残る」と付け加えた。

安易に司法取引を使うことの危険性について警鐘を鳴らしたのだ。


そんな状況の下、「Perspectives：視線」では、日産劇場・第2部「経済部・M&A編」について、書くことになった。


「本当に怖いのはこれからです。今は3部作の第1部にすぎません。第1部が社会部編だとすれば、第2部は経済部編、第3部は国際部編です。つまり、第2部は日産とルノーの主導権争い、第3部は日仏経済戦争です」

「以前から、仏政府が日産とルノーの経営統合を求めていたと言われています。EUでは排ガス規制が厳しく、日産の電気自動車の技術が何がなんでもほしかったのでし

※参考=2018年12月28日朝刊

ょう。ただ、敵対的な買収をすれば、反発した技術者が逃げていくかもしれない。これまではゴーン前会長が日産とルノーの間をとりもっていましたが、日産での会長職が解任されました。両社の連携がどうなっていくのかが第2部です。一番いいのは、このままの状態で技術提携をしていくことです。そこに、ルノーの筆頭株主である仏政府がどうでてくるのかがまだ分かりません。すでにマクロン仏大統領は、安倍首相と会談して（三菱自動車を含めた）3社の提携関係の維持を強調しています。今後、仏政府が敵対的でもいいから日産を買収しろという可能性もあります」

仏政府は貪欲 日本どう動く

真山《まやま》 仁《じん》さん

——ゴーン前会長は来日後、日本に大きな衝撃を与えました。

彼は非常にシンプルなことをしただけです。日本が

1962年生まれ。中部読売新聞（現・読売新聞中部支社）記者などを経て、2004年に外資系投資ファンドによる企業買収を描いた「ハゲタカ」で小説家デビュー。近著に「シンドローム」など。

た。うまくいったのは、日産に技術力があったからです。

——外国人だからこそ、改革できたのでしょうか。

彼がよかったのは、ぶれなかったこと。倒産しかけていた日産には、ワンマンな信長や秀吉タイプが必要だったのです。

高くありません。逆に日
の経営者が安すぎです。
任を取る人に適切な報酬
払うべきです。日本にそ
考えがなじんでいなかっ
からこそ、前会長は高額
酬を隠したのでしょう。

——今回の事件の本質
どこにあると考えますか。

今は3部作の第1部に
ぎません。第2部は日産
ルノーの主導権争い、第
部は日仏経済戦争です。

「ハゲタカ」シリーズ

「ハゲタカシリーズの次回作では、主人公の鷲津が仏企業を買収する話を書こうと考えていました。フランスは、独特の国家資本主義を貫く国だからです。企業は法人税を納め、雇用を生む。つまり国益をつくっているのです。仏政府はそれが分かっていて、国益を生む企業をどんどん国有化する強欲さがある。日本の企業が、仏政府の息のかかった仏企業とやりあったら大変だろうと思っていました。そうしたらこんなことがおきたのです。仏政府の出方は、想像通りでした」

「ここで日本政府が何もしなければ、大変なことになるでしょう。政府と協力した外国企業が、日本の企業を買収しにくるかもしれない。たとえば、ある国が自動車メーカーを自分の国に欲しいと思ったときに、国家ファンドがお金を出して買いに来るかもしれません。お金さえあれば、買収はいくらでもできる。それを許せば、日本からどんどん富がでていくでしょう。企業側にとっても、高い法人税を払っていても、いざという時に政府が守ってくれないなら、本社を日本においておく意味がなくなる。今後、日本政府がきちんと『経済に政治がしゃしゃり出るな』と言えるのかどうか。長い目で見なければなりません」

2019年7月11日朝刊掲載

カリスマ逮捕、想像超える「日産劇場」

まるで小説の展開そのものだ――。

2018年11月19日、東京・羽田空港から始まった日産自動車会長（当時）カルロス・ゴーン被告の逮捕劇を見て、私はそう感じた。

バブル経済崩壊もあり経営危機に陥った大手自動車メーカー日産に現れ、「マジック！」とまで言われるV字回復を果たしたカリスマ経営者が、東京地検特捜部に逮捕されるとは。容疑は、実際よりも報酬金額を少なく見せかけて有価証券報告書に記載した金融商品取引法違反の疑いだった。

あまりにも派手な逮捕劇を見た私は、そこに強い違和感を抱いた。

すなわち法的な決着がつく前に、カリスマ経営者の逮捕を華々しくメディアが報道し、世論の注目がゴーン被告にばかり集中するという事態に、だ。

事態は現在進行形で分からないことも多いが、小説家として、この事件を読み解いてみたい。

逮捕後、ゴーン被告に対する被疑事実が徐々に明らかになる。そして、絵に描いたようなカリスマの堕落が、日に日に暴かれていく。やがて、メディアの矛先はゴーン被告の強欲ぶりに集中する。その結果、特捜部によるゴーン被告逮捕の本質が見えなくなってしまった――。

では、事件の本質とは、何か。

それは、日産とルノーとの新たな関係の模索ではないか。

私は18年末に朝日新聞から受けたインタビューに、以下のように述べた。

「今は3部作の第1部にすぎません。（略）第2部は日産とルノーの主導権争い、第3部は日仏経済戦争です」

そして今、当時の予想をはるかに超える状況で、「日産劇場・第2部」が、絶賛上演中だ。

ゴーン被告逮捕直後から、ルノー、日産、三菱自動車の3社連合の幹部によって今後の方針の協議が始まった。

当初、ゴーン被告の告発は、日産の重大な裏切り行為と言わんばかりに非難していたルノーだったが、捜査が進み、ゴーン被告の不正が次々と明らかになると、今度は彼を切り捨てた。

関係者に話を聞くと、ルノー側は、それ以前から日産との関係の見直しを考えていたという。ルノーの業績は低迷しており、日産はそれよりはまだましな業績を維持していた。

ヨーロッパでは、ドイツの連邦参議院が、30年までにエンジン車の販売を禁止する決議を採択した。フランスも40年までに禁止する。電気自動車の開発は、もはや自動車メーカーの死活問題となっている。彼らにとって、着々と電気自動車開発を進める日産、三菱は魅力なのだ。

ルノーは、約43％の日産株を保有している。あくまで頭の体操だが、あと約7％の日産株を取得すれば、子会社化することも可能だ。だが現実にそれは難しい。日産もまた、ルノー株を約15％保有しているからだ。この株は議決権がないため、ルノーの経営に嘴《くちばし》は挟めないが、あと10％買い足すと、日本の会社法ではルノーの議決権を奪うことができる。

ルノーとしては波風を立てず、日産に抵抗されずに主導権を握る方法をとりたかった。だから、20年にわたって日産を支配したゴーン被告に、その使命を与えたのではないか。

ところが主導権争いは遅々として進まない。業を煮やしたルノーは、実力行使を視野に入れていたとも言われている。それ故、日産は、自身が生き残るために、「恩人」ゴーン被告に刃《やいば》を向けたのだ。

†　†　†

ゴーン被告の数々の疑惑が明らかになるにつれ、ルノーは、会長職にあったゴーン被告の解任に動き、辞任に追い込んだ。新体制を敷いた上で、日産、三菱の両社と、これまで通りの関係維持を図ろうとしたのだろう。

その判断は意外だった。ゴーン問題を沈静化したいルノーを仏政府は許さないだろうと、私は考えていた。なぜなら、約15％のルノー株を保有する筆頭株主である仏政府は、ルノー以上に前のめりだと伝えられていたからだ。

言い換えれば、国家の意思をルノーは忖度《そんたく》しなかったとも言える。

マクロン仏大統領は、経済復興を最大の課題に掲げ、大統領選で勝利をおさめた。ところが、仏経済は復興どころか、下降を続け、失業率は9％近い。マクロン大統領の支持率は、25％まで低下していた。その閉塞《へいそく》感を打破するため、仏政府は日産とルノーの連合強化をもくろんでいた。

企業守らぬ日本、変わる時

そんな最中、またもや小説のような急展開が起きた。

2019年5月、欧米自動車大手のフィアット・クライスラー・オートモービルズ（FCA）が、ルノーに経営統合を持ちかけたのだ。ルノーからすれば、FCAからの統合提案は朗報だった。

ルノーが、日産に対して強引な実力行使に出られないのには理由がある。先に書いた通り、日産がルノー株を約15％保有しているためだ。しかし、FCAとの統合（対等合併提案）が実現すれば、統合後の株数が増えるため、日産の保有率が下がる。

そうなると、ルノーは日産が引き延ばす共同持ち株会社の下《もと》での連合強化の土俵に、日産を引っ張り出せる。

6月に入り、FCAはルノーに対する統合案を撤回し、交渉は破談となったが、再燃する可能性がないとは言い切れない。そして、この一件については日産は完全に蚊帳の外であった。まさに絶体絶命の状態の中、「日産劇場・第2部」は、クライマックスを迎えようとしている。

そこで、日産に取材を申し込んだのだが「ルノーとの関係が微妙な時期なので」という理由で取材を断られた。

†††

さて、日産が、晴れてルノーの呪縛から解かれる日は来るのだろうか。

もし、FCAとルノーの統合が進んだり、より一層混迷したりする場合、「第3部」が始まるかもしれない。

仏政府の介入である。

日本では、破綻《はたん》回避のための公的資金注入による国有化という例はあっても、フランスのように、国内の雇用を確保するため自国の優良企業の筆頭株主になるような経済文化はない。

しかし、自国企業の浮沈が、その国家の盛衰を左右するなど世界経済では日常茶飯事。ロシアや中国のように、政府が前のめりで自国企業の世界戦略を支援する国家資本主義が、珍しくもなんともない時代に突入したのである。企業の売り上げを後押しすれば、もれなく企業からの納税額が増え、国益にかなう。したがって、自国企業を支援するのは、当然だと、各国政府は考えている。

彼らは強《したた》かだ。

他国の閉鎖性や政府介入は非難するが、自国企業の政府介入は「国益のため」と堂々と主張する。それこそが外交手腕なのではないか。トランプ米大統領が、「アメリカの工場労働者のために、戦闘機を輸入しろ」と当たり前のように発言するのも、その好例だ。

特にフランスでは株式を2年以上保有すれば議決権が2倍になる法律ができて、政府が大企業の「大株主」になりやすくなった。仏政府はエールフランスやアレバなどにも投資し、「最強の物言う投資家」になっている。

ゴーン被告逮捕直後から、フランスのルメール経済・財務相は、積極的にゴーン被告を擁護した。

このようなフランス独特の経済文化に対して、日本側は「民間企業の問題に政府の積極的な関与は避けるべきだ」と仏政府に訴えている。

だが、その程度で引き下がる相手ではない。日本政府はもっと積極的かつ強気に「我々は日産を守る」という発言をすべきなのだ。

やりすぎという批判もあろう。

日本にはまだ、遠慮がある。それはかつて、護送船団方式で国内企業を守り、外国企業を排除していると散々たたかれたトラウマから逃れられないからだ。しかしそのせいで、バブル崩壊後に破綻した日本の大手金融機関が、外資の食い物にされてしまった、とも言えないだろうか。

今の日本を取りまく現状も、これまで我々が経験したことのない事態なのだ。ここで強気の姿勢を見せないと、「日本政府は弱腰」であると宣伝することになる。すると、外国投資家は、「政府介入がないなら、買収しやすい」と考えるし、国内企業は「国が守ってくれないなら、守ってくれる国に本社を移転しようか」と考え始めるのである。

そんな事態を招きかねない「第3部」の幕は上がらない方が良い。しかし、ルノーと仏政府の状況を見ると、「第3部」は既に予定されているのかもしれない。その時、日本政府が今と変わらぬ態度なら、日本は「優良企業が楽勝で買える美味《おい》しい猟場」になり果てるかもしれない。

「はじまりは、ゴーン逮捕だったね。あの時、政府が頑張っていたら、こんなことは起きなかったのに」。こんな嘆きは、小説家の妄想に過ぎないと笑い飛ばす日本国であって欲しい。

執筆後記

日産劇場は、先の記事の執筆時には想像もできなかった第3部の幕を開けた。「ゴーン逃亡編」だ。

2019年12月29日、保釈中だったゴーンが、関西国際空港から密かに海外に逃亡したというニュースが飛び込んできた。

担当弁護士も与《あずか》り知らない状況で、夫人らに依頼された特殊部隊上がりのチームが、楽器ケースの中にゴーンを隠した上で、プライベートジェットに乗せて、関空を飛び立ったのだ。2日後ゴーンは、祖国であるレバノンにいると声明を出し、世界はハリウッド映画ばりの逃亡劇に騒然となった。

レバノンは、日本政府からの身柄引き渡しに応じておらず、ゴーンは未だ、自由の身のままだ。

18年末には、第3部は「外信部・日仏経済戦争勃発編」になると想像していた。だが、ゴーンの逃亡劇の陰でルノーと日産の関係修復が密かに行われ、現在は、まるで何事もなかったかのように、元の鞘に収まっている。

コロナ禍で、自動車産業は世界的な不況に陥り、ルノーの業績は悪化。21年2月に発表した20年通期決算は、純損益が80億8000万ユーロ（約1兆2400億円）の赤字（前年は1億4100万ユーロの赤字）で過去最悪だった。販売台数が2割減った上、43%出資する日産自動車の業績不振（49億7000万ユーロの赤字）が重なり、赤字幅を広げた。

もはや、両社による鍔迫《つばぜ》り合いが起こる余裕はなく、下手をすれば共倒れの可能性すらある。

記事中で、もし日産奪取に仏政府が乗り出してきたら、日本政府は撥ねのける覚悟があるのかを問題にした。

対応を間違うと、日本政府は世界の笑い者となるだろうとも警告した。

ところが、日仏経済戦争に勝てるかなどというハイレベルな話ではなく、保釈中の重要容疑者をみすみす海外逃亡させた上、今なお奪還できないという、法治国家としての面目も挽回《ばんかい》できないまま現在に至っている。

そんな中、21年3月2日、ゴーンの逃亡を助けた容疑で、米陸軍特殊部隊（グリーンベレー）の元隊員の父子を、米国の捜査機関が逮捕。身柄が日本に移送された。

検察庁は、ゴーン奪還を諦めていないという意思を示し、一矢報いた。

一方で、ゴーンと共に金融商品取引法違反の罪で起訴された日産元代表取締役のグレッグ・ケリー被告の裁判は20年9月に始まった。同被告は無罪を主張している。

公判は21年7月まで続き、判決は秋以降になる見通しだ。

第四章
五輪まで1年

7月28日早朝、取材旅行でシンガポールから帰国し、羽田空港の到着口を出た私がまず目にしたのが、「1 Year to Go! 開催まであと1年!」という文字だった。

東京五輪開催1年前を告知するその看板の前を歩きながら、いよいよか、と思う私の横で、外国人親子が記念撮影をしていた。

東京が開催地に決定した2013年から、なぜ、今さらオリンピックなんだ、とずっと疑問を抱かせた東京五輪まで、ついに1年を切った。

最終選考の際に、福島第一原子力発電所の汚染水について「アンダーコントロール(統御されている)」というとんでもない演説をした安倍晋三首相に怒りを覚えた。あるいは、大会のエ

された。さらには、五輪誘致以前より

催できるんだろうかという不安ばかりが募ったものだ。

■ ■ ■

8月1日、新国立競技場建設を主管している日本スポーツ振興センター(JSC)を訪ねた。

「7月末現在で92%の建設が完了している」と、新国立競技場設置本部長を務める今泉柔剛理事は言う。昨年7月、文部科学省から出向し理事に就い

となる7月24日に来日した国際オリン

のバッハ会長

準備が進んで

がない」と称

神宮外苑内に位

新宿御苑など

している。また、

国立の施設であるということを強調するため、スタジアム内に張り巡らされた軒ひさしの材料は、47都道府県全てから集めたそうだ。

順調に進んでいるが、国立競技場に関して、なぜか周囲の目は厳しい。

五輪終了後の利用法に、納得がいかないのだ。従来の国立競技場はサッカーやラグビーのスタジアムとして、日本選手権や国際大会の場となっており、今回の新競技場もそれを踏襲する予定だ。

だが世界のサッカーやラグビーのスタジアムは、近年はピッチとスタジア

かかわらず新国立競技場にピッチま

く感じるような設計だ。なぜなら東

五輪のためには陸上競技のための

ックが必要だからだ。その解決案と

て有力なのは、五輪後にトラックを

観客席を伸ばして距離を縮める案が

いう。ただし、その場合、莫大《ばくだい》な税金

使う可能性もあり、今泉理事は「そ

まですする必要があるか否かは慎重に

えなければならない」と明言を避け

同時に今泉理事は「新国立競技場

コンセプトは、未来を育てよう、ス

ーツの力で、だ。それを五輪に向

て、より具現化したい」と意気込ん

いる。

トラブル続きで国民を白けさせた

京五輪は、果たして関係者らの思惑

りに日本を熱狂させられるのだろ

か。都内にいると、地下鉄や繁華街

スクリーンやポスターなどに東京2

20に期待を寄せるアピールはある

にもかかわらず、日本人の中で五輪

盛り上がっているという印象がない

付和雷同で熱狂し

「Perspectives：視線」は、東京オリンピック・パラリンピックが開催される２０２０年の日本の有り様を、様々な視点から切り取り、書き残すことが、ミッションだった。

連載5回目、開会まで1年を切った19年8月の回は、完成間近の新国立競技場の現状を伝えつつ、東京五輪の意義を問うことにした。

今大会の大きなテーマは「復興」と「おもてなし」だった。

その言葉が意味することや、なぜ今さら、東京で開催するのかという素朴な疑問を、改めて考えてみたかった。

なぜなら、この当時から、私を含め、多くの人が「五輪開催の意義が分からない」と考えていたからだ。

だが、大会を運営する母体である組織委員会も、官邸も、そして、開催都市である東京都も、そうした疑問に対して、十分な説明をしていなかった。

しかも、メインスタジアムとなる新国立競技場の設計デザイン白紙撤回問題やロゴマーク盗作事件、国際オリンピック委員会（ＩＯＣ）幹部への接待疑惑など、事件が次々と起きていた。

「スポーツの世界的祭典」には相応《ふさわ》しくない問題が噴出するたびに、「いったい誰のための、何のための五輪なのか」と自問するのだが、分かりやすい答えが得られないまま、時間だけが過ぎていった。

19年8月は、そんな時期だった。

２０１９年８月９日朝刊掲載

なぜ今さら東京、「復興五輪」への疑問

7月28日早朝、取材旅行でシンガポールから帰国し、羽田空港の到着口を出た私がまず目にしたのが、「1 Year to Go! 開催まであと1年!」という文字だった。東京五輪開催1年前を告知するその看板の前を歩きながら、いよいよか、と思う私の横で、外国人親子が記念撮影をしていた。

東京が開催地に決定した２０１３年から、なぜ、今さらオリンピックなんだ、とずっと疑問を抱かせた東京五輪まで、ついに1年を切った。

最終選考の際に、福島第一原子力発電所の汚染水について「アンダーコントロール（統御されている）」というとんでもない演説をした安倍晋三首相に怒りを覚えた。あるいは、大会のエンブレムが既存のデザインと酷似していると抗議を受け、変更したことにあきれた。さらには、五輪誘致以前より全面建て替えが決まっていた新国立競技場の設計デザインが、当初の予定をはるかに超える高額となったことで、15年7月に白紙撤回された。

まるで、今の日本の迷走ぶりを象徴しているようじゃないか、と思った。

こんな調子で、本当に五輪なんて開催できるんだろうかという不安ばかりが募ったものだ。

†　†　†

8月1日、新国立競技場建設を主管している日本スポーツ振興センター（JSC）を訪ねた。

「7月末現在で92％の建設が完了している」と、新国立競技場設置本部長を務める今泉柔《じゅう》剛《ごう》理事は言う。18年7月、文部科学省から出向し理事に就いた。すったもんだがあったにもかかわらず、工事は順調で、開会式の1年前となる7月24日に来日した国際オリンピック委員会（IOC）のバッハ会長にも「1年前でこれだけ準備が進んでいる開催都市は見たことがない」と称賛された、という。

ちなみにこの施設は神宮外苑内に位置するため、明治神宮や新宿御苑などとの親和性にも配慮している。また、国立の施設であるということを強調するため、スタジアム内に張り巡らされた軒ひさしの材料は、47都道府県全てから集めたそうだ。

順調に進んでいるが、新国立競技場に関して、なぜか周囲の目は厳しい。

五輪終了後の利用法に、納得がいかないのだ。従来の国立競技場はサッカーやラグビーのスタジアムとして、日本選手権や国際大会の場となっており、今回の新国立競技場もそれを踏襲する予定だ。

だが世界のサッカーやラグビーのスタジアムは、近年はピッチとスタジアムの一体化が重要とされている。にもかかわらず新国立競技場はピッチを遠く感じるような設計だ。なぜなら東京五輪のためには陸上競技のためのトラックが必要だからだ。その解決案として有力なのは、五輪後にトラックまで観客席を伸ばして距離を縮める案だという。ただし、その場合、莫大《ばくだい》な税金を使う可能性もあり、今泉理事は「そこまでする必要があるか否かは慎重に考えなければならない」と明言を避けた。

同時に今泉理事は「新国立競技場のコンセプトは、未来を育てよう、スポーツの力で、だ。それを五輪に向けて、より具現化したい」と意気込んでいる。

トラブル続きで国民を白けさせた東京五輪は、果たして関係者らの思惑通りに日本を熱狂させられるのだろうか。都内にいると、地下鉄や繁華街のスクリーンやポスターなどに東京２０２０に期待を寄せるアピールはある。にもかかわらず、日本人の中で五輪が盛り上がっているという印象がない。

もっとも五輪競技を観戦するチケット販売にはアクセスが殺到した。だが、今度は宿泊施設の不足で当選者を不安に陥れている。

そして五輪関連のニュースを耳にするたびに同じ疑問が湧いて出る。

なぜ今さら、五輪なのか——。

開催地が決まった後の国会で、安倍首相は「復興五輪」だと言い切った。

だが、そんな気配はどこにも感じられない。聖火リレーが福島から始まるそうだが、それを復興だと言うのなら、お笑いぐさだ。そもそも11年の震災から8年半を過ぎたのに、いまだ震災復興というスタンスに違和感がある。東日本大震災以降も、日本は毎年のように大災害に見舞われて、各地で甚大な被害をもたらしている。せめてそれら全ての復興を願うなら、自然災害大国日本らしい言葉とも解釈できるが、彼らの言う復興には東北の太平洋側沿岸部にしか頭にないように思える。

もし、本気で復興五輪を掲げるならば、それこそメインスタジアムは、被災地にあるべきだろう。

五輪を東京に誘致したかったのは、成長戦略がずっと空回りし、元気のない日本に活を入れるための起爆剤としたかったからと私は理解している。

付和雷同で熱狂しますか

では本当に五輪で東京が、日本が活気づくのか。

五輪は分かりやすく言えば、国際運動会だ。世界中から集った、一流のアスリートが覇を競う。それを生で見られるチャンスを逃したくないと、大会期間中は世界中から人が押し寄せるかもしれない。だが、それ以上でもそれ以下でもない。

五輪の問題を継続的に取材している朝日新聞の稲垣康介・編集委員は「五輪の開催に積極的な国が、どんどん減っている。カネがかかり過ぎ、期待したほどの経済効果もない」と話す。

その結果、将来的には「住民投票を経ないまま、権力者の一存で開催できる国しか手が挙がらず、やがて開催危機に陥る可能性もある」という。

そもそも五輪はスポーツの祭典であるはずなのに、政治的な目的や経済効果が期待され過ぎてはいないか。

ヒトラー総統が治めるドイツで開催されたベルリン五輪は、第一次世界大戦で完膚なきまでにたたきのめされたドイツの復興を高らかに誇った。以来、五輪は世界に自国をアピールするための場と化していく。

1964年の東京五輪にも、日本の戦後奇跡の復興を世界に誇る目的があったのは、紛れもない事実だ。

同年4月にOECD（経済協力開発機構）に加盟し、先進国の仲間入りをした日本は、五輪に合わせて、羽田から都心を結ぶ首都高速道路、東京モノレール、そして東海道新幹線を開通させ、先進国の首都に比肩するメトロポリタンをアピールした。

日本中が熱く沸いたのも、五輪が日本復興のシンボルだったからだ。

だが、今回の五輪には、そんなムードはない。もはや五輪ごときでは、日本は大きく躍進を遂げるレベルの国ではなくなってしまったのだ。

ならばいっそのこと開催地選考の時にアピールした「おもてなし」を徹底的に体現してみてはどうか。

五輪が、国際運動会であるなら、一つでも多くの世界記録が生まれるような環境を提供するべきだ。

例えば、酷暑の炎天下に競技を行うことを断固としてIOCに抗議して変更を求めてもよかったのではないか。

64年の東京五輪が10月開催だったのは、日本の夏の暑さが考慮されてのことだったのではないのか。

よちよち歩きの先進国だった当時の日本にできたことが、押しも押されもせぬ先進国に成長した現代日本になぜできないのか、不思議でならない。

一説では、五輪の収益を支えているのは放映権収入で、その大部分は米国の放送局であるNBCが支払っており、NBCが夏開催を望んでいるからそのようになるとも言われている。

それでも、夏の開催にこだわるのであれば、選手、観客、スタッフの皆の健康を守るために、日本の優秀な頭脳をもっと働かせるべきだ。

世界津々浦々の様々な事情がある選手が集まる五輪大会。その誰もに、日本に来て良かったと感じてもらうには、何をすればいいのか。

そんな「おもてなし」が検討されているようには思えないし、それよりも見えてくるのは、公式スポンサーらの必死で盛り上げようとしているPRと、五輪を当て込んで一もうけしようという新手のビジネスの出現だ。

近年、日本の行動には、表層的で付和雷同的な浅薄さが目立つ。その結果、哲学や美意識がなくなった気がしている。今回の五輪も、そう思えてならない。

誰も、五輪をどう捉えるのかという視点で語らない。世界から来るアスリートへのメッセージも見当たらない。ただ、政府や組織委員会などが、官僚的な取り決めを進め、時間だけが過ぎていく。

†††

それでも、きっと20年の7月24日に東京五輪が開幕すれば、日本中が五輪に熱狂するだろう。

なにしろ、五輪が北京であろうが、ロンドンであろうが、リオデジャネイロであろうが、皆、徹夜してでも競技に釘付けになる国民性なのだ。

しかし、それでも問いたいのだ。

何のための五輪なのか、誰のための五輪なのか、そして、そのために、あなたは何ができるのか、と。

執筆後記

　掲載直後、ある人を介して、組織委員会の幹部から「記事について意見交換をしたい」という声がかかった。

　お叱りを受けるのだろうと覚悟して、その人物と面談した。

「復興五輪への疑問というのは、私も同感です。でも、真山さんには、ぜひ、今回の五輪が、今までにないほどパラリンピックに力を入れていることに、注目してほしかった」

　開口一番、切り出された。

　近年、人種・障害の有無などの違いを理解し、自然に受け入れ、互いに認め合う共生社会＝ユニバーサル社会の実現が、世界的に叫ばれている。

　パラリンピックは、その象徴的なイベントだ。

　それは理解できるし、障害のある人のスポーツイベントとして、大いに盛り上げ、様々な伝説、記録を打ち立ててほしいとも思う。

　それでも、先の発言には違和感があった。

「日本は、ユニバーサル社会の実現を目指すために、今回は、一際パラリンピックに注力している。そういう大会だという認識があると、何のための五輪、という疑問も解けるのでは」とも言われた。

日本社会の、ユニバーサル社会への関心は高いのだろうか。マイノリティへの配慮にしても、政府や財界が前のめりなのは、五輪開催を意識し、諸外国からの批判を避けようとしているためであり、モノ社会の日本でユニバーサル社会の実現を定着させるのは、難しいだろうと私は思っていた。

パラリンピックについて東京五輪が力を入れているのは、「東京2020」のポスターやPR映像などでも十分分かる。だが、東京五輪の主役がパラリンピックだとは、到底思えない。

そう返すと、「主役ではなくても、多くの日本人にこれだけ多くの障害者が頑張っている姿を見てもらえる機会を大切にしたい」と訴えられた。

だからパラリンピックには、都内の小学生が全員、招待されているのだという。

私のようなひねくれ者からすると「それは、動員では？」と思えてしまう。

そもそも真夏の盛りになのに、なぜ小学生にパラリンピック観戦を強いるのか、と尋ねた。

「時に強制的にでも、子どもには経験させることが重要」だそうだ。

子どもは、無理矢理押しつけられた観戦経験から、本当に障害者との共生を感じ取るのだろうか。私はそうは思えない。それはユニバーサル社会実現などというきれい事を、子どもたちに押しつける偽善ではないのか。

いつしか、激論になるほどのやりとりとなったが、最終的に、互いは分かり合えなかった。私は最後にこう言った。

「多様性を大切にするのであれば、組織委員会として強調したいことを、私が認めないのも、多様性の一つです。私は、子どもたちに強制的にパラリンピック観戦させることには、反対し続けます」

翌日その幹部からは、「よい議論ができました」とメールが送られてきた。

...就業機会の拡大や意欲・能力を存分に発揮できる環境を作ることが重要な課題になっています。投資やイノベーションによる生産性向上とともに、その原動力となる...化」な...護との両...立たない...に伴う生産...働き方の置かれた個々の事情に応じた...決のため、働き方の置かれた個々の事情の解...この課題の重要...国民を総動員...

...らない。...「き方改革」...めて考えてみると、...そいてみたら、「働き方改革実現に向けた厚...ンジ」と記されている。...だが、そもそも一億活躍社会とはな...んだろう。

...総活躍社会実現に向けた...「働き方改革は、一億...実は以前から違和感を抱いて...

恐れず言えば、生まれたばかりの新生児にまで「日本のために頑張って！」と活を入れる社会ではないのか。だとすれば、日本の未来は暗い。

する文章からも、働く人の心情をくみ取っている気配は読み取れない。厚労省や首相官邸の働き方改革に関のため、企業のために。もっと働いて。

真摯せよ、というようにも...するよ、という。そのためには...てくるばかりだ。上から目...トップの中には「生産性向上...と平気で発言する人もいるよう...国が推し進めるこの改革は「...方改革」に思えて仕方がない。

では、本当の働き方改革とはあるべきなのか。先進企業に取材した。

2018年1位に輝いたシスコシステムズ。ITネットワークの基盤作りを世界で展開している外資系企業だ。「働きがいのある会社」ランキングで員の多くが「会社に来るのが楽しみ」と答え、その比率は女性が高い。一人一人の働き方の自由度が高く、働きやすさを徹底していることが、そ

ムズ。先進企業として注目されている2社の経営陣に取材した。「働きがいのある会社」とは、どう世界で展開している外資系企業だ。民間調査会社の

働きがいなけ

いまや「働き方改革の伝道師」...青野慶久がこのサイボウズ...は、ある力が...

...の鈴木大和...らスター...れない。...我々は...の中...果だけでは...

安倍政権は、スローガン内閣だった。

「日本を、取り戻す」

「一億総活躍」

「女性活躍」

「人づくり革命」

そして、「働き方改革」――。

まるで、戦前の日本に戻ったかのような仰々しいスローガンを聞くたびに、「ウソっぽい」と思ったのは、私だけではなかったはずだ。

「一億総活躍」と聞けば、生まれたばかりの赤子まで活躍させる社会ってなんだ、と腹が立ったし、「国家総動員法」が喚起された。

「女性活躍」と言うけれど、その対策が保育園の待機児童解消が最優先とはお粗末で、「それは、区議会議員か市議会議員に任せましょう」と突っ込みを入れてしまった。

「人づくり革命」に至っては、意味が分からなかった。

そんな中、一番許せなかったのが、「働き方改革」だ。厚生労働省のホームページの説明を何度読んでも、抽象的かつ、きれい事過ぎて、呆《あき》れるばかりだった。

これは「働き方改革」ではなく、「働かせ方改革」じゃないのか。

働く人の環境を良くする処方箋は、簡単だ。

すなわち、たくさん給料をもらい、たくさん休める環境作りをすればいい。

だが、政府の文言をよく読むと、これ以上働き手が減っては困るから、もっと生産性を上げて働け！　という意図が見え隠れする。

言いたいことは山ほどあるが、批判からは、何も生まれない。

そこで、しっかり「働き方改革」を行っている企業を取り上げて検証しようと考えた。

２０１９年９月７日朝刊掲載

「一億総活躍社会」上から目線の違和感

働き方改革――。最近、この文字を見ない日はない。新聞をはじめとするメディアだけではなく、日常のジョークにまでこの言葉が乱れ飛んでいる。

ところで、改めて考えてみると、「働き方改革」なるものの意味が分からない。

厚生労働省のホームページにある働き方改革の説明によると――

《我が国は「少子高齢化に伴う生産年齢人口の減少」「育児や介護との両立など、働く方のニーズの多様化」などの状況に直面しています。投資やイノベーションによる生産性向上とともに、就業機会の拡大や意欲・能力を存分に発揮できる環境を作ることが重要な課題になっています。この課題の解決のため、働く方の置かれた個々の事情に応じ、多様な働き方を選択できる社会を実現し、働く方一人ひとりがより良い将来の展望を持てるようにすることを目指しています》

さらに首相官邸のホームページをのぞいてみたら、《働き方改革は、一億総活躍社会実現に向けた最大のチャレンジ》と記されている。

実は以前から違和感を抱いていたのだが、そもそも一億総活躍社会とはなんだろう。国民を総動員しないと、社会が成り立たないという意味だろうか。極論を恐れず言えば、生まれたばかりの新生児にまで「日本のために頑張って！」と活を入れる社会ではないのだろうか。だとすれば、日本の未来は暗い。

厚労省や首相官邸の働き方改革に関する文章からも、働く人の心情をくみ取っている気配は読み取れない。日本のため、企業のために、もっと働いて貢献せよ。そのためには時短ぐらいはするよ、という〝上から目線〟で迫ってくるばかりだ。その証拠に大企業のトップの中には「生産性向上のため」と平気で発言する人もいるようだ。

国が推し進めるこの改革は「働かせ方改革」に思えて仕方がない。

† † †

では、本当の働き方改革とは、どうあるべきなのか。先進企業として注目されている2社の経営陣に取材した。

まず訪ねたのは、民間調査会社の「働きがいのある会社」ランキングで2018年1位に輝いたシスコシステムズ。ITネットワークの基盤作りを世界で展開している外資系企業だ。社員の多くが「会社に来るのが楽しみ」と答え、その比率は女性が高い。

一人ひとりの働き方の自由度が高く、働きやすさを徹底していることが、その一因だ。例えば、全社員が在宅勤務が可能だ。育児休業も法律では2歳までのところ、同社は5歳まで取得可能だ。ベビーシッターを利用する場合は、基本料金の半額を会社が負担し、看護休暇も有給で取得できる。

ただ、同社の多くの社員が「働きがいがある」と感じるのは、こうした制度のためだけではないようだ。

とにかく社員のコミュニケーションが充実し、企業戦略にまで社員の意見が反映されるなど、社員のモチベーションを高めることに力を注いでいる。さらに自社の働き方改革によって「世の中を変える」とまで豪語している。

「IT企業の進化はめまぐるしい。我々はイノベーションなしでは生き残れない。働き方改革の推進は、そこからスタートした」と代表執行役員会長の鈴木和洋は語る。そのためには、結果だけではなくプロセスを大切にすることが重要、と考えたのだという。

そこで同社は、幹部社員を一堂に集めて合宿を行い、普段から考えている課題や不満をぶつけ合った。

「議論の中で浮かび上がってきたのは、風土や哲学が浸透すれば、社員を守ってくれるという発見だった。心のよりどころのようなものが共通であることが何より重要。こんな当たり前の結論が共有できた」

それさえ共有できれば、働くスタイルや時間などは、むしろ各人の裁量にまかせる方が、良い結果を生み出す。もちろん易《やす》い道のりではなかった。試行錯誤と紆余《うよ》曲折を何度も乗り越えて、社員それぞれがスタイルを構築していった、という。「中間管理職の意識改革が大変だったが、押しつけられるより、企業哲学にのっとった上で自由度を高める方が結果が出た。それが新しい共通認識を生んだのだと思う」

大胆な改革が行えるのは外資系だから、という声もあるかも知れない。だが、同社の辿《たど》ってきたプロセスを見ると、日本的な方法も採っている。制度作りよりもまず社員のやりがいを探すことこそが、重要なのだ。

働きがいがなければ続かない

今や「働き方改革の伝道師」のようにひっぱりだこのサイボウズの社長・青野慶久が働き方改革に目覚めたのは、ある切実な事情からだった。

「有望だと思った社員が年間4人に1人は辞めていく。何が不満かと退職希望者に聞くと、その理由が千差万別である――。それが意味する重要性に気づいた」

給料が安いと思う人、短時間で働きたい人、家庭と仕事が両立できない人など、人の数だけ理由があった。

「その問題点を会社が解決したら、続けるかと聞いてみた。すると、多くの退職希望者は、イエスと答えた。だったら、希望に応えようと考えた」

サイボウズはソフトウェアの開発ベンチャーとして1997年に青野ら3人で起業した。成長は順調で社員は皆幸せだろうと、経営陣は考えていた。

「私は好きな仕事なら寝食を忘れて働きたい、いわゆるモーレツタイプ。でも、それぞれにベストの働く方法があると気づいた」と青野は言う。

その結果、社員それぞれが自分の働き方を決めるという仕組みが生まれた。ただ、各社員の要求をはじめは大歓迎したわけではないようだ。

「ある時、入社2年目の若い社員が副業をしたいと言ってきた。ウチの仕事以外になんで？ と思った。だが、それでサイボウズを辞めずに働き続けてくれるなら、許す。私自身も変わっていった」。青野自身も「3人の子どもの送り迎えが大変で」と、今のところ育児優先の働き方をしている。

もっとも、各社員が自由に働き方を考えるというのは、「社員の自分本位のわがままを許す」わけではない。

「サボるための希望は、聞かない」

つまり、その改善によってしっかりと成果を上げるという考えにのっとったものしか受け付けない。「それをジャッジするためには、仕事とどう向き合うかの指針をもっと明確にすべきだと思い、企業理念を真剣に考えた」

「チームワークあふれる『社会』を創る」「チームワークあふれる『会社』を創る」の二文が同社の理念だ。

シスコ同様、サイボウズも、企業理念の中で、社会変革に言及している。

「自分の仕事が社会に貢献しているという考えは重要。私自身は、常にそうありたいと思っているし、それは今や社員も同じだと思う」

その意識を高めるキーワードは「信頼」だそうだ。信頼を獲得するために、社員に何をすべきかを問うのだ。それが実現できるなら、働くスタイルなんて各人の自由でいいと、青野は考えている。

働き方は別々だが、働く目的は一つ。それがサイボウズ流なのだろう。

「会社の問題は、社員一人ひとりの問題であると感じてもらうために、問題が起きれば、それは全社員が閲覧できる掲示板に上げます。そして、侃々諤々《かんかんがくがく》の議論をしてもらう」

議論が紛糾しても、青野が介入することはめったにない。

「当人の行動が企業理念に合致しているならば、その考えを認める。それを徹底すると各人に責任も生まれる」

もっとも、誰もが自分の思いや疑問を言語化できるわけではない。

「新人研修の時からトレーニングを始めている。各人が抱いた疑問をどのように理解し、言語化するかを分かりやすく解説すれば、誰もが発言し、問題提起をするようになる」

こうした取り組みについて、大企業の社長に「何でもやれるのは、君が創業者だからだ」と指摘されたことがある。その時、青野は「御社が変われないのは、あなたが社長だからじゃないですか」と思ったという。

†††

働き方改革とは、社員が仕事が楽しい、自分が社会の役に立っていると実感することではないか。

今まで私自身が抱いていた思いだが取材を重ねてさらに強く感じた。

そして、働きがいというものは、制度や環境だけでは続かない。自分が積極的に働きたいと思えるモチベーションが必要なのだ。

その源泉が企業哲学だ。誰もが社内で自由に発言し、それを共有化するという一体感が、働き方を進化させる。

改革というと、一度断行すれば、それで事足りるという勘違いが日本にはある。中でも、政府にはその志向が強い気がする。

だが、改革には終わりがない。最近の流行語で言うならば、持続可能性がなければ、それは改革と呼ばない。社員と企業が共に成長し、結果を出すからこそ働きがいは生まれるのだから。

執筆後記

コロナ禍によって、日本社会は劇的な変化を強いられた。その典型例として、「働き方改革が進んだ」という声が大きい。

何度か、メディアからそうした趣旨で取材を受けたが、私は懐疑的だ。

確かにリモートワークが一気に進んだ企業は多い。地方に移住して働くことを推奨するようなＣＭもよく見かける。

だがそれは、選択の余地を与えずに、企業がリモートワークを押しつけているだけに過ぎない場合が多い。

独身の若い世代はともかく、家族がいる多くの人たちは、在宅勤務を強いられると、自身の「職場」の確保に苦労する。パソコンが一台しかない、あるいは一台もない家庭もある。

たとえパソコンがあっても、仕事に集中できる空間がない。

特に住宅費が高い首都圏では、仕事部屋がない家が多く、結果的に家族の誰かが押し出されて、住宅街のカフェがどこも満席となった。

気持ちの切り替えも難しい。通勤の負担があったとしても、自宅と会社を往復することで、ワーク・ライフ・バランスが取れていた側面もあるのだ。

コロナ禍で突如、在宅勤務を余儀なくされ、自宅に引きこもり、感染を警戒しつつ、同じ場所でずっと時間を過ごすのは、気詰まりでもあろう。

そのように考えると、コロナ禍で「働き方改革」が進んだと言うよりも、逆にコロナ禍でリモートワークを試してみて、問題が多いと感じた会社員は多かった気がする。

一方、経営者側からすれば、必ずしも社員を会社に出勤させなくても、仕事が回ると分かった。さらに勤怠状況もリモートワークの方が判断しやすく、経費も浮く。コロナ禍が去っても、リモートワークを推進し続ける企業が出てきそうだ。

この仕組みには、オフィスをコンパクトにできたり、交通至便を重視して、高い賃料を払う必要性が低くなるなど、メリットもある。

だが、この状況が進めば、組織の一体感や帰属意識が希薄になり、会社が脆弱《ぜいじゃく》になる可能性もある。

いずれにしても、「働き方改革」を進めるためには、じっくりと社員と向き合い、試行錯誤を繰り返した上で、落としどころを見つける姿勢を忘れてはならない。

9月25日午後2時過ぎ、航空自衛隊
の曲技飛行隊ブルーインパルスが、ス
タジアム上空で不死鳥の編隊でスモー
クを吐ち、開会式を祝った。
大太鼓の呼び込みでスキ
選手が登場すると、両チームの
の中に、感極まって涙する観客
私も鵜住居地区の津波被害について
何度も取材していたせいで、思わず胸
が熱くなった。

人たちの多くが、そう感じただろう。　集まった
ゲームも熱戦で、ランキングでは下
位のウルグアイがフィジーを30対27で
破る番狂わせを演じた。
り上がった。試合後には、会場はビー
外を観客に配り、会場はビ
という試合が、翌日のメディ
津波で壊滅的な被害が相次いだ。
を出した地区で、世界最高峰のラグビ
ーの試合が行われた。
それは、紛れもなく快挙だった。

しかし、私には
一つは、私はこ

第六章
ラグビーW杯

地元の人たちとの地元の飲み屋街を歩
「自分たちには関係のな
聞いた。返ってくる
原則、今は個
費だけでも年間約50億円
と言う

ラグビーのワールドカップ（W杯）が、2019年、日本で開催された。4年前の15年イングランド大会で、日本チームが活躍したこともあって、大会には期待が集まった。

さらに、東京五輪の前年に、世界トップクラスのアスリートチームと熱狂的な観客を迎え入れる国際大会を行うのは、前哨戦的な意味があった。

そして、「復興五輪」を考える上でも、重要な会場があった。岩手県釜石市の釜石鵜住《うのすま》居《い》復興スタジアムだ。

同市鵜住居は、東日本大震災の時に、悲劇と奇跡が同時に起きた場所として知られている。

悲劇とは、発災後、近くの防災センターに避難していた162人が津波の犠牲になったことを指す。一方で、明治・昭和時代に同地を襲った三陸沖地震の教訓から生まれた「津波てんでんこ」という教えを守った小中学生が、全員無事だった。

11年7月から、定期的に被災地を訪れ、その変化と状況を定点観測し、被災地を舞台にした小説を発表してきた私は、何度も同地を訪れている。

あの鵜住居に、ラグビー場ができる⁉

ホンネを言えば、心配と懸念ばかりだった。

同地が、震災の「聖地」であるかのように見られているのは、間違いない。奇跡を称え、悲劇の犠牲者を鎮魂するのは大切なことだ。

だが、それが、ラグビー場の建設なのだろうか。

プロ野球やJリーグほどではないが、ラグビーの社会人リーグの試合にも、多くのファンが詰めかけている。だが、ほとんどのチームが大都市圏に本拠地を置いているにもかかわらず、スタジアムが満員になるのは稀《まれ》だ。

地元の釜石にもチームはあるが、まだ、最上位のトップリーグに昇格できていない。そんな状況で莫大な費用をかけてスタジアムを建設し、W杯後の運営が可能なのか。

地方でスポーツの国際大会を開催するのは、地域活性化に繋《つな》がるという声はあるが、02年のサッカー・ワールドカップを開催した地方会場の、その後の惨状を見ていると、現実は厳しい。

なのに復興の美名の下《もと》で、ラグビー場を建設し、W杯を2試合誘致した。

復興のシンボルとしての国際大会の意義、何より地元の反応を知りたくて、釜石に向かった。

釜石開催、地元は盛り上がれたのか

２０１９年10月8日朝刊掲載

日本中がラグビー熱で沸いている。

日本で開催中のラグビー・ワールドカップ（Ｗ杯）は、２０２０年の東京五輪のＰＲに圧倒され、盛り上がりに欠けるのではと心配だった。

ところが、ふたを開けると、日本代表の快進撃で前回以上の熱狂とファン拡大が続いている。スポーツの祭典の成否は、自国代表の活躍があってこそというのを証明したようなものだ。

そんな熱狂に隠れがちだが、私が何よりも注目したのは、東日本大震災で甚大な被害を受けた岩手県釜石市に新設されたラグビー場だ。

開催地決定以来、釜石ではラグビーによる地元復興を掲げた。釜石といえば、かつて日本選手権7連覇した新日鉄釜石の本拠地だった。ラグビー王国という印象があるが、当のラグビー部は新日鉄釜石の縮小で01年に市民参加のクラブチームになった。

震災後、私は何度も釜石を訪れ、復興の様子を取材している。そこから見えてくる釜石の現状に、果たして釜石市鵜住居にスタジアムを本当に造ってよいのか、造ったとして受け入れは大丈夫なのかなど、問題が山積みされている印象を持っていた。とはいえ、相手は天下のW杯だ。地元はそれなりに盛り上がるだろうと期待しつつ、19年9月24日に釜石に向かった。

†††

東京駅から盛岡駅までは東北新幹線はやぶさ号で約2時間20分、同駅から先はレンタカーで移動した。

釜石のスタジアムまでは開通して間もない釜石自動車道を利用、約2時間半で到着する。開通前は盛岡から釜石まで3時間半はかかったので、随分近くなったと感じた。

鵜住居地区は、市街地から北に車で20分ほどの場所にある。

震災時、この地区で大きな出来事が起きた。

一つは、地元の小中学校の児童生徒が、地元の言い伝えを守って、自ら率先して避難した「釜石の奇跡」だ。

明治以降でも、何度か大津波に見舞われた三陸エリアには、「津波てんでんこ」――津波が来たら、家族は気にせず、てんでんこ（各自それぞれ）に生き残ることを考えよ。海岸沿いから高台へ逃げよ――という教えがある。

鵜住居小学校と釜石東中学校の児童生徒は「てんでんこ」の教えに従い、峠を目指して避難した。その途中では保育園の子どもたちの避難も支援して、全員無事だった。

そして、もう一つは両校の近くにあった鵜住居防災センターでの悲劇である。ここには大勢の地元民が避難してきたのだが、標高が低過ぎたため、162人が犠牲となった。同センターでは、直前に避難訓練を行っていた。そして訓練後「ここは標高が低いので、津波の時はもっと高いところに避難してください」とスタッフがアドバイスしたのだが、生かされなかった。

釜石鵜住居復興スタジアムは「釜石の奇跡」を成し遂げた鵜住居小と釜石東中の跡地に建設された。一方、防災センターの跡地には、釜石祈りのパークが19年3月11日に誕生し、1064人の犠牲者への追悼の場所として多くの人が訪れている。

さて、新設されたスタジアムの総工費は約50億円。当初の予算は32億円だったが、設備拡充の必要性から整備費が膨らんだ。それはW杯ゆえの増額である。常設観客席は6000席だが、W杯の規定数に合わせるために1万席を仮設した。この増設のために、9億8700万円の費用が必要だった。

建設費用のうち5億4600万円を釜石市が、それ以外は県と国などが拠出している。

税金によって誕生したスタジアムであるのは間違いない。W杯組織委員会も、同スタジアムに復興を意識したアピールを行っている。

これらの経緯からW杯を復興の起爆剤に、と強く意識したと言えるはずだが、にもかかわらず、このスタジアムでのW杯ゲームは、2試合しかない。

W杯を主催するワールドラグビーはスタジアムの規模によって行える試合を規定している。釜石は予選プールカテゴリーCの条件、1万5000人以上をクリアしたスタジアムだ。カテゴリーCでゲームが行えるのはトップ10（ティア1と呼ぶ）以外の国で、かつ日本をのぞくティア2同士のみだ。

スタジアムの今後、見えない

2019年9月25日午後2時過ぎ、航空自衛隊の曲技飛行隊ブルーインパルスが、スタジアム上空で不死鳥の編隊でスモークを放ち、開会を祝った。

大太鼓の呼び込みの中、両チームの選手が登場すると、歓声を上げる観客の中に、感極まって涙する人もいた。

私も鵜住居地区の津波被害について何度も取材していたせいで、思わず胸が熱くなった。

やっとここまできた――。集まった人たちの多くが、そう感じただろう。

ゲームも熱戦で、ランキングでは下位のウルグアイがフィジーを30対27で破る番狂わせを演じ、会場は大いに盛り上がった。試合後には、地元紙が号外を観客に配り、翌日のメディアでは、この試合が、釜石復興に貢献したという論調の報道が相次いだ。

津波で壊滅的な被害と多くの犠牲者を出した地区で、世界最高峰のラグビーの試合が行われた。

それは、紛れもなく快挙だった。

†††

しかし、私には違和感が残った。

一つは会場周辺は熱気に包まれたものの、そこから一歩離れてみると、思いがけず市民は冷めていた。私は試合の前日から釜石入りした。これだけW杯による復興を謳《うた》っているのだから、さぞや市内もにぎわっているだろうと期待したからだ。前夜祭らしい空気を取材したくて夕刻の街を歩いてみたが、拍子抜けするほど静かだった。評判の店を飛び込みで訪ねたが、待つことなしに食事ができた。街を歩いている旅行者らしき人の姿もほとんどなかった。

さすがに試合当日は盛り上がると思ったが、前夜同様静かな夜が更けていった。市内に宿泊施設が少ないこともあって、現地に宿泊しようと計画する人が少なかったのかもしれない。

スタジアム周辺はレンタカーを含む自家用車は通行が規制されていた。そのため、市街地などに車を止めて、シャトルバスを利用する。試合後、バスを待つ観客が列をなすのだが、長蛇の列を作ったのは新幹線の最寄り駅がある新花巻駅やいわて花巻空港、盛岡行きのバスだった。釜石市内へ向かうシャトルバスは空いていた。

2夜にわたって地元の飲み屋街を歩いて、地元の人たちの話を聞いた。

「自分たちには関係のないこと」と答えた人が多かった。あるいは「せっかく素晴らしいスタジアムができたから、地元の飲食店もスタジアム周辺に屋台を出したいと希望したが、聞いてもらえなかった」という声があった。

意外だったのは、「ラグビーの釜石は昔の話。ラグビーをする子どもも減っている。ラグビーで街を復興すること自体に違和感がある」との声があったことだ。釜石市ラグビーワールドカップ2019推進本部事務局によると、市内でラグビーをプレーするのはジュニアで53人、中学校には季節限定で60人、高校2校にラグビー部が存在するが、市民のラグビー熱には温度差があるようだ。

行政が旗を振っても、市民がそれに乗れない。各地から応援に来る人々にはにぎわいが感じられたかもしれないが、それはスタジアム周辺に若いボランティアが大勢出て歓迎してくれたからだ。だが、学生ボランティアの多くは釜石市外から集められた人ではないかと思った。

事務局に確認すると、ボランティアは県内の大学生や専門学校生に声をかけたが、内訳は把握していないという。そして、釜石市内には専門学校はなく、大学は岩手大学の釜石キャンパスは18年にできたが、学生は30人に満たない。

スタジアムの今後についても、明確なビジョンはない。

「もっと地元民が気軽に使えるのかと思ったら、原則、今は個人の使用は認めないと返ってきた」という不満も聞いた。総額約50億円を費やし、維持費だけでも年間約３５００万円も必要と言われるスタジアムが、市民のお荷物にならないことを願ってやまない。

もう一つ、残念なことがあった。それは選手に対する配慮である。

W杯に参加するチームにとっては、復興よりも、異国でのゲームに勝つためにいかに最良のコンディションを維持できるかが、最重要だ。交通機関を乗り継いでくる会場でのゲームは、負担も大きかったろう。しかも、フィジーは前の試合からの間隔が短かった。果たしてベストコンディションで釜石での試合に臨めたのだろうか。

ホスト国が重視するのは、自国の思惑ではないだろう。世界最高峰のアスリートが本番でベストプレーができる環境を提供することが責務だと思う。

常に自分たちの視点で物事を見てしまうのが日本人の悪い癖だ。選手や観客のためのW杯なのだろうか。日本代表が快進撃を続けているだけにホスト国として胸を張れる対応を期待したい。

執筆後記

残念なことに、2019年10月13日に釜石で予定されていたナミビア対カナダ戦は、台風19号の影響で中止された。つまり、莫大な税金を投下し、「復興」をアピールしたかったスタジアムでのW杯は、1試合が行われただけで幕を閉じた。

台風を恨んでも仕方がない。

だが、釜石にとっては、あまりにも残念な嵐の到来だったろう。

その後、20年3月に、スタジアムを訪れた。同年夏から連載を始める小説の取材で被災地を巡った折に、どうしても、半年後の様子を見たかったからだ。

震災伝承館である「いのちをつなぐ未来館」や、震災犠牲者慰霊追悼施設「釜石祈りのパーク」を訪れると、風が吹き抜けるばかりで、客はほとんどいない。

W杯の試合当日には、大勢でにぎわった三陸鉄道リアス線鵜住居駅周辺も、誰も見かけない。

駅から、スタジアムまで歩いてみた。

大会中に外側を囲んでいたフェンスは消え、青空の下に、真新しいスタジアムが鎮座していた。

記憶より小さく見えた。仮設スタンドが撤去されたからだろうか。

そのまま中に入ることができた。

あの時、会場が満席になった記憶を重ねてみるのだが、どこか別物に思えてしまう。

再び、あんな熱狂の渦が巻き起こるようなことがあるのだろうか。このスタジアムの行く末が気になる。

傾き始めた陽に映えたピッチは、天然芝に人工芝を上手にブレンドした日本初のハイブリッド芝だ、とW杯開催時に聞いたのを思い出した。

どれだけ素晴らしい芝でも、それが使われなければ、宝の持ち腐れになる。

今さらながら、「復興」という言葉の持つ難しさ、いや偽善を思わずにはいられなかった。

第七章 ジャーナリズム

事実を見抜く視点

メディアに入社して徹底的に教え込まれるのは、発信者の情報を可能な限りそのまま伝えることだ。目で見たり、聞いたりした話も記者の感想は排除して、原稿にする。

これは、記者の"いろは"だ。

情報が報道として伝わるまでには、発信者→記者という流れに乗らなければならない。そこで記者が注意しなければならないのは、情報は常に発信者の意図がある点だ。

記者は、その意図とは異なる考えを持つ人も同時に取材をして記事のバランスを取る。

それでも、記事には様々な関係者の [illegible]

逆に、現在の政権を是とする人からすると、反権力的な報道は全て偏っている[illegible]

か。

もう一つ、多くの生徒たちも誤解していた点がある。

それは、真実という厄介な存在だ。世の中の出来事で、真実が明らかになるのは、まれだ。

なぜなら、時に一つの出来事も当事者によっては正反対に捉え、当人が信じている真実が異なることがある。あるいは本人はそうだと思っていても本当は真実ではない場合もある。

それだけに違和感を覚えたり、反感を抱いたりする事実については「真実ではない」という拒絶反応が起きる。

[illegible]して、ジャーナリズムとは真実を[illegible]るために存在するのではない。[illegible]実を可能な限りあるがままに伝え[illegible]ことだけが、使命なのだ。そして、その事実が多角的で重層的に伝えられた時、まれに真実が明かされる。

メディアが偏向していると考えられる一因に、[illegible]

マスコミがネット上で「マスゴミ」と呼ばれ出したのは、2011年の東日本大震災以降だと記憶している。

東京電力福島第一原子力発電所の事故の報道が、きっかけだった。

以前からマスメディアは原発の危険性を承知していたのに、政府や東電に忖度《そんたく》して報じなかったのは問題だと批判された。さらに、被災地で嘆き悲しむ人たちの心を踏みにじるような取材ばかりしていると非難を浴び、「マスゴミ」という蔑みは鉄板になった。

言いがかりだ！　と断固たる否定はできない。それでも、マスメディアはゴミではないし、少なくとも一番ましな情報伝達機関だと、私は考えている。

最大の理由は、一つの記事に関わるプロ職の数の多さだ。記者が一人で取材をした内容がそのまま記事となって読者に提供されるわけではない。現場記者の原稿をデスクがチェックし、疑問点を、当人とその記者が属するチームのトップ（キャップと呼ばれる）に確認する。包括的な情報が足りなければ、専門家への追加取材と出稿を求める。

その上で、各部の幹部が最終チェックを行い、場合によっては、さらなる追加取材や裏付けの確認（いわゆる裏取り）を命じる。

そして、新聞なら朝夕刊の紙面会議、テレビやラジオであれば、編集会議を経て、初めて記事（ニュース）として世への発信を決定する。発信に際しては、校閲部が確認し、事実誤認や誤植を徹底的にチェックする。

これだけのプロ職が関わると、誤解や思い込み、間違いなどがあれば誰かが発見し、修正するものなのだ。完璧だと言うつもりはないが、ＳＮＳの情報発信と比べれば、はるかに徹底した精査を行っている。

なのに、なぜ「マスゴミ」と呼ばれるのか。

これまでマスメディアが、自分たちに対する批判をほぼ無視してきたことに一因がある。馬鹿馬鹿しい、俺たちを誰だと思っているんだ、という驕《おご》りや、面倒なことは無視するに限るというリスク回避が見え透き、反感を買った。

記者が発表情報に頼り過ぎ、自らの足で情報を取らなくなっているのも問題だ。丁寧かつ粘り強く取材するという基本姿勢を疎かにしているから、メディア不信が膨らむのだと、自戒して欲しい。

そうしたマスメディアのあり方、ジャーナリズムについて、高校生が「一緒に考えたい」とリクエストしてきた。

2019年11月9日朝刊掲載

「人が伝える＝偏向」、メディアへの不信

きっかけは、2019年2月に開催されたあるシンポジウムだった。

そのテーマはジャーナリズムで、パネリストとして参加した私に閉会後、1人の女子高校生が話しかけてきたのだ。

「私は、ジャーナリズムにとても興味があるのですが、親はメディアはウソばかり伝えていると軽視しています。本当でしょうか」

そう尋ねてきた彼女は、シンポジウムの質疑応答の際に「どうすれば、新聞を読んで、問題意識を持てるのですか」とも質問していた。

池田遥さん、広尾学園高校（東京）の2年生――。

17歳の高校生がジャーナリズムに興味を持っていること、なのに彼女の問いに答えられる大人が周囲にいないことに、喜びと申し訳なさを感じた私はしばらくの間、メールを交換した。

「じゃあ、問題意識のある人で集まって、勉強会をしましょうか」

それが、10月の放課後に実現した。

ジャーナリズムに興味がある1、2年生21人が集まり、2時間余り意見交換をした。

テーマは複数あったものの、紙面では、参加者たちのメディアに寄せる思いと、ジャーナリズムへの疑問を中心に採録したい。

†††

参加者に毎朝、新聞を読むかと問うた。手を挙げたのは1人だった。

ジャーナリズムに興味があり、平和や憲法改正など社会問題にもしっかりとした意見を持った若者の集まりにもかかわらず、1人というのは、驚きだった。

スマートフォンなどでネットニュースを読んでいる生徒はそれなりにはいた。それでも全員ではない。にもかかわらずジャーナリズムに対する意見を持てる。それが情報氾濫《はんらん》時代に生きている意味なのだろうか。

「新聞が信用できないと思う人?」の問いに、挙手したのは7人だった。

田口琉子《るこ》さん(16)の不信の理由は「新聞を含めメディアは、伝えたいことをカスタマイズし読者を誘導して、自分たちの意見や考え方をすり込んでいる気がする」というものだ。

また、柴田諒《りょう》さん（16）は「政府の圧力によって、情報操作されたりしているから、真実は報道されていないのでは」と感じている。

垣内啓邦《ひろくに》さん（16）は「筆者の意見が入っているため、真実が見極めにくい」と指摘した。

それ以外にも、人が書く記事は主観的になるから、正しい情報ではないのではという不信の声もあった。

いっそAI（人工知能）に書いてもらえばいいのか、と尋ねると「それも良い方法です」と返された。

メディアは客観報道に徹せよというのは、常に読者から求められていることで、記者各人も肝に銘じている。

しかし、生徒の多くが指摘した通り、どれだけ頑張っても、記者の主観は完全に排除できるものではない。

そして、最近は「人間が伝える」ことが信用ならないという発想が大人たちの間にも広がっている。

そんな中で、新聞は信用できると考えている生徒もいる。

新聞を毎朝読んでいるという住友淳大《じゅんた》さん（16）の「もし人間が書いた文章が信用で

きないなら、あなたは何を信用するんですか？　と逆に僕は聞きたい」という意見は重く響いた。

新聞から主観を完全に排除することはできない。だから、メディアは複数の相手に取材して記事を書き、さらに俯瞰《ふかん》の眼《め》を持つデスクがバランスを取ることで可能な限り公正であるための努力をしている。

時に100対1ほども意見が偏っていても、1の意見も無視せずに報道する。少数意見が不必要に強調されるリスクがあるが、一方的な意見を伝えるよりも良いからだ。

にもかかわらず、メディアは偏向していると受け取られてしまう。

以前、毎年大勢の東大合格者を出す進学校で、同様の勉強会を行った時、「政府広報だけがあれば、新聞は不要」と発言した生徒がいた。

そして、今やＡＩこそが信頼できると思われる時代でもある。

生徒だけでなく、一般読者も含めてメディアに最も強く求めているのは、どうやらこの「公正さ」のようだ。

なぜ、人が介在した報道は、意見が偏ると思われるのか。

一つにはそういう固定観念があまりにも一般に広がり過ぎたことにある。勉強会のきっかけを作った池田さんの疑問もそこから始まっている。

メディアは真実を伝えているのか。

なぜ偏っていると感じるのか。

もしそうだとしたら、どうやってそれを見極めるのか——。

事実を見抜く視点、人にこそ

メディアに入社して徹底的に教え込まれるのは、発信者の情報を可能な限りそのまま伝えることだ。目で見たり、聞いたりした話も記者の感想は排除して、原稿にする。

これは、記者の〃いろは〃だ。

情報が報道として伝わるまでには、発信者→記者という流れに乗らなければならない。

そこで記者が注意しなければならないのは、情報は常に発信者の意図がある点だ。

記者は、その意図とは異なる考えを持つ人も同時に取材をして記事のバランスを取る。

それでも、記事には様々な関係者の思惑や意図がにじむが、その一方で、政治的圧力をかけられて記事を書くことは皆無と言っていい。

ただ、反権力の立場の読者は、権力者が伝える情報を、そのまま伝えただけで「偏向だ」と決めつける。

逆に、現在の政権を是とする人からすると、反権力的な報道は全て偏っていることになる。

これらの記事をどのように読み取るのか、それは読者のリテラシーの問題である。

人間が取材して伝えるのが問題ならば、それを読んで判断する読者が人間であるというのもまた問題ではないか。

†††

もう一つ、多くの生徒たちも誤解していた点がある。

それは、真実という厄介な存在だ。

世の中の出来事で、真実が明らかになるのは、まれだ。

なぜなら、時に一つの出来事も当事者によっては正反対に捉え、当人が信じている真実が異なることがある。あるいは本人はそうだと思っていても本当は真実ではない場合もある。

それだけに違和感を覚えたり、反感を抱いたりする事実については「真実ではない」という拒絶反応が起きる。

そして、ジャーナリズムとは真実を伝えるために存在するのではない。

事実を可能な限りあるがままに伝えることだけが、使命なのだ。そして、その事実が多角的で重層的に伝えられた時、まれに真実が明かされる。

メディアが偏向していると考えられる一因に、発表記事の多さが挙げられるかも知れない。

その発表に勇気を持って記者が切り込み、深く掘り下げて、情報の裏側にある別の深い意味や意図を明らかにして欲しいと読者は期待しているのだ。

発信者の代弁は報道とは言わない。

そういう意味では、記者クラブ制度は問題だと私は考えている。これは、勉強会でも生徒に指摘されたことでもある。

発表記事より記者が各自、自由に取材し、様々な意見を独自に盛り込んだ記事を掲載すれば、各紙にもっと個性が出るはずだ。

しかし、現実は他社が大きく扱った記事が自社で扱われない「特オチ」が怖くて、皆横並びの発表記事を大切にしてしまう傾向にある。それが、読者には、権力に屈しているように見えるのかも知れない。

新聞は今、存続の危機にあると言われる。その議論の中心は媒体のありようである。従来の紙の新聞を、この先どうすればよいのか、皆途方に暮れているのだ。

これは、大いなる間違いだ。

新聞の存在意義とは、何を伝えるかにあるからだ。

その報道に読者の注意を喚起する事実があれば、媒体の形は何であれ、新聞は必ず生き残るだろう。

それは、特ダネを追い続けろという短絡的な話ではない。様々な視点を持ち、「常識」と信じられていることの矛盾やウソを見抜くような取材を積み上げた先に、ＡＩにはできない発信ができると信じている。

それが、いかに重要なのか。今回の勉強会で私は改めて痛感した。

最後に池田さんと共に勉強会の幹事を務めた山田菜摘さん（17）の感想を紹介したい。

「意見は持っているだけではなくて、それについて考え共有し広げていくこと、また、その意見を社会や世界と繋《つな》げることが大切だということを学べた気がします」

こんな若者の期待に応えるジャーナリズムでありたい。

広尾学園高校で生徒たちと意見交換をした際に、「図書館で、週に1度でもいいので」、紙の新聞を読んで欲しいと伝えた。

新聞の紙面は、前日に起きた出来事に序列をつけて掲載し、日々製作されている。一面には、一番重要だと判断された出来事がトップに据えられ、各紙が独自色を出そうと企画した連載が左肩に囲み記事として載る場合もある。

さらに、2面、3面では、政治の出来事を中心に、一歩踏み込んで詳報し、経済面、国際面などと続いていく。

最近は多くの人が、日々のニュースをスマホでチェックしている。スマホで読むニュースは、読者の嗜好《しこう》に合わせてカスタマイズされやすく、読者も、読みたい記事だけを探す傾向にある。

その結果、時に、重要なニュースを知らずに過ごす可能性がある。

特に若い世代にとって、新聞記事の大半は、普段は「目にしない」情報だろう。だから、自分でニュースを選択せず、紙の新聞を読み、いかに自分が世界や日本の社会で起きていることを知らないか、気づいて欲しい。

新聞とは、自分の知らない情報を得るための窓なのだ。

また、ジャーナリズムを考える前提として、「世の中にはいろんな考えがある」という認識を持って欲しいとも伝えた。

世界は多様性を求めているが、日本は何事も答えを一つに決めつける傾向がある。どうすれば、多様性を身につけた上で、日々の出来事を理解することができるのか。

一番大切なのは、自分と異なる意見にも耳を傾けることだ。

同じ学校に通う高校生でも、全く違う考えを持つ人がいて当然だ。そして、こんな考え方をする人がいるのかと興味を持って、理解する努力をすることで、多様性は生まれてくる。

但し、何でもかんでも他人の意見に迎合してはならない。付和雷同せず、あくまでも、いろんな意見があると理解することが重要なのだ。

その過程で、自分自身の意見が明確になる。なぜなら、他人の意見を聞いていて違和感を覚えた時、それは自分と考えが異なるシグナルだからだ。

つまり、他人の意見に耳を傾け一生懸命理解するという姿勢は、自分自身の意見を見極めることに繋がるのだ。その結果、考えが豊かになり、価値観が多様になる。

逆に、他人の意見を頭ごなしに否定したり、言い負かしてしまえば、自身の意見も定まらず、多様性は生まれにくい。

授業では、複数のテーマを提示し、参加者に意見を求めた。

その一つが、「日本のために頑張ろう、と思えるか」だった。

「メディアや政治家は、危機感を煽《あお》り、日本のために頑張ろうとかけ声を上げるけれど、そのために何をやればいいのかを、明示しない。そこで、自分が何ができるだろうかと考えてみると、自分と日本が結びつく要素の少なさに驚いた。そんな感覚では、日本のために、頑張ろうという気持ちは湧いてこない」

「自分が選んで日本に生まれてきたわけではないので、日本を良くしたいと思わない。助けなきゃいけない国は、他にいくらでもあるのでは」

こうした意見が多かった。もっと困っている国のために、尽くしたい――。そう考えている若者がいることには、素直に感動した。

また、国家という概念が希薄になり、個人を優先すれば、国家にこだわる必要はないし、国のためという発想に違和感を持つ生徒が少なからずいた。

「そもそも生きる意味や意義は自分の中にあるものだと思っていて、国のために生きるという概念がない。自分の生きる意義を見つけ、それを達成した結果が、国のためになることはあるかもしれないが、まずは、自己実現したい」

一方で、以前は日本という国家を意識したことがなかったが、留学を経験して、「日本のありがたさが身に染みた」という声もあった。

「日本が自分にとってとても居心地の良い場所だと気づいた。だから、個人としてどう生きるかだけではなく、日本に恩返しをしたいと思うようになった」という発言は、印象的だった。

かわいい子には旅をさせろ——という格言を引くまでもなく、一度でも海外で暮らせば、自分自身のアイデンティティーを実感するようになるし、日本という国の良いところ、問題点も見えてくる。

若い世代には、もっと海外で暮らす体験をして欲しいものだ。

もう一つ、議論のテーマに「平和」を取り上げた。

「Perspectives：視線」第1回「平成と平和」の記事を読んだ上で参加してもらったので、彼らに「日本は本当に平和だと思うか」と、尋ねた。

異を唱えた生徒がいた。

「記事でも指摘していたように、『死』に対して実感がなくなった日本人が多くなったと思う。それと同じで、平和であることも、実感できなくなった気がする」

重要な指摘だった。その生徒は、「戦争の実感もないので、戦争が起きるかも知れないと警告されても、ピンと来ない」と続けた。

別の生徒からは、「戦争なんてないに越したことはないわけで、戦争が起きたらどうしようかと考えるのではなく、起こさない方法を考えるべきでは」という意見もあった。

平和の危うさや、戦争がいつか起きるのでは、という不安を抱いている状況を指して「平和と言えるのか」と疑問を呈する生徒もいた。

死や戦争の恐怖を実感したことも、教わることもなくなり、平和や戦争について考える機会が減っていることに危惧を抱く生徒もいた。

私は「戦争」がなぜ起きるのかについて、説明した。

最初から「よし、戦争をやるぞ!」と考えて、戦争を起こすことは珍しい。政治学的に言えば、戦争は、外交手段の一つだという考えもある。

つまり、2国間以上で外交的衝突があり、それを解決するために、外交交渉が行われると、交渉の場では、双方が自国の主張を訴える一方で、妥協点を探る。だが、互いに譲らない状況が続くと、最終的な決着方法として戦争が選択されることがある。

また、第一次世界大戦のように、一触即発の険悪な関係に陥った最中に、皇太子の暗殺のような事件が引き金となって、戦争に至ることもある。

もし、生徒らが言う「平和を考えるより、戦争が起きない方法を考える」のであれば、日頃から、日本と利害が衝突しやすい国と密に連絡を取り合い、活発にコミュニケーションがとれる環境を作ることが大切だ。

あるいは、アクシデントがあっても戦争に巻き込まれない深い信頼関係を結ぶ努力が必要になる。

そういう視点で、日本を取り巻く諸外国との状況や環境を見ていると、コミュニケーション不足、理解力不足が目立つと指摘した。

日韓問題や日中問題が象徴的だが、対米関係ですら、深く密度の濃い外交ができているとは言い難く、民間交流も良好かつ活発ではないことを、私たちは、問題にすべきなのだ。

一見、国の外交問題は、高校生には縁遠く、現実味のない話に思える。

だが、そうではない。

民間の深い交流が築かれていれば、十分、戦争の抑止力になり得るからだ。

敵だとされている国に、友人がいたら、戦争を避けようとする——。民間交流の重要性を説く時のキーワードだ。

それならば、高校生にもできることがある。周辺諸国の人との様々な交流に参加し、広めていけば、万が一の時に大人の過ちを正せるのだ。

日本では、国民の反対を押し切って戦争が行われた例は少ない。つまり、戦争を望まない姿勢や、多数の交流によって育まれた他国との友好関係などを通じて、戦争を起こさない努力は、高校生でも可能なのだ。

そのためには、日本とは異なる価値観や文化、宗教観を持つ外国に興味を持ち、それを受け入れる必要がある。

最近、様々な場面で口にされる「多様性」をそのような視点で磨くことができれば、戦争は避けられるだろうと話した。

そんな甘い発想では、いずれ戦争に巻き込まれるに違いない。日本はもっとしっかり軍隊を持つべきだという意見も複数出た。

こうした考えを、軍国主義的とか右翼的と退けてはならない。

衰えたとはいえ日本は、世界第3位の経済大国であり、豊かな国民生活を外敵から守るために、軍事的なシステムが必要なのは、間違いない。軍が存在することで、抑止力になるから必要と主張した生徒もいた。

また、先進国である以上、国際紛争の解決に尽力する義務もある。ならば、軍隊は必要なのではないのか、というのは、考え方としては自然だ。

平和を守ることと、軍隊を持たないことは、イコールではないし、軍によって平和が保たれているという考えは、諸外国では「常識」と言っていい。

だが、日本では、こうした考えを真剣に議論してこなかった。不毛だからか、太平洋戦争の反省からか、あるいは、面倒だからかも知れない。

もしかすると、軍事問題は議論すること自体をタブーにしておき、その間にこっそり軍備増強に励めば、国内外の非難をかわせると政府は考えているのかも知れない。

実際のところ、日本の自衛隊の軍事力は、世界の5本の指に入るほど強力というデータもある。

軍隊ではないのに、世界屈指の軍事力を誇るという、このアンビバレンツを「日本の知恵」とするのか、「不透明さ」と断じるのかは、意見の分かれるところだ。

いずれにしても、軍事問題は、可能な限り波風立たせたくないという風潮が日本にはある。

そのため、安保法制改正がメディアをにぎわせたり、学生が国会前で「9条を守れ！」とデモを繰り広げると、何とも居心地が悪い状況になってしまう。

本来であれば、戦争や平和、軍隊について様々な意見を交換し、平和の意味や、軍事システムの有り様を率直に議論する機会を、若いうちから持つべきなのだ。

この日の議論でも、「憲法第9条を改正すべき」という意見もあれば、「現在の自衛隊は実質、軍隊なのだから、彼らの地位をしっかりと明記すべき」という意見も出た。

参加者は、お互いの考えに耳を傾けつつ、「平和の危うさ」を感じていたようだ。

最後に、「様々な情報の真偽を判断できるようになるコツ」について、触れた。端的に言えば、「情報を疑う習慣をつける」ことだ。新聞記事やニュース、ネットの情報を鵜呑みにせず、本当にそうだろうかと常に考え、違和感があれば、必ず他の媒体でチェックする――。

いわゆるリテラシー力の養い方だが、実際にそうした力を身につけるのは、なかなか難しい。

当日の授業では時間不足で、簡単に説明しただけに終わってしまったのだが、一番の訓練は、「小説を読むこと」だ。

中でも、ミステリがお勧めだ。

小説は、読者が能動的に読み進め、登場人物に感情移入しながら、様々な「疑似体験」をしていく。

途中で読む手を止めれば、物語や登場人物について客観的に分析できる。しかも、分析に費やす時間はたっぷりある。この立ち止まって考える、あるいは、感情移入していた登場人物（実生活では、本人自身）を冷静に分析することは、人生でとても大切なのだが、現実で行うのは、非常に難しい。

それだけに、小説を通じて行う思考体験は、自らを省みる力を養う貴重な時間となる。

さらに、ミステリの場合、登場人物の多くが、ウソをつく。真犯人に辿《たど》り着きたくて、読者は必死になってウソを見抜こうとし、各人の言葉を精査する。

最初のうちは、まんまと著者の罠《わな》にはまってしまい、最後まで犯人も動機も、そしてトリックも分からず終わるかもしれない。

そんな時は、もう一度読んでみることだ。すると、自分がどこで騙《だま》されたのかが分かる。

これを繰り返していくと、公開されている情報の穴や欺瞞《ぎまん》、人がウソをつくシチュエーションの法則などが見えてくる。

この経験は、実社会で情報に惑わされないために、とても役立つ。

そう断言できるのは、私自身がそうやって情報を疑う習慣を養ったからだ。

騙されたと思って試して欲しい。

一番のお勧めは、アガサ・クリスティのミステリ小説だ。

執筆後記

東日本大震災が発生した直後から、多くの記者が被災地に入った。

東北新幹線も東北自動車道も不通で、沿岸部の国道も、至るところで崩落したり土砂崩れが起きていた。

全国紙（放送）記者たちは、東北の日本海側の空港に降り立ち、そこから東に向かったのだ。地元紙や支局の記者は、それより早く現地に向かった。

苦労して現地に向かった彼らがそこで見たのは、脳が受け付けないほどの惨状だった。津波と一緒に陸に上がってきたヘドロに侵された沿岸部には、以前街だったことすら分からない場所がたくさんあった。

さらに、無数の遺体……。

拙著『雨に泣いてる』（幻冬舎文庫）の取材で、一番乗りした記者たちに取材をした。

いずれも、当時の記憶が朦朧《もうろう》としていて、「覚えていない」ことが多数あると言った。それでも、彼らは現地から、原稿を送り続けた。目に見えるもの、聞こえる音、そして、ヒリヒリするような死の臭いを。

全てではない。書けないことがたくさんあったという。

多くを飲み込み、抱えたまま記者たちは、寝る暇も忘れて取材を続け、出稿した。

マスメディアの報道に対して、「遺族の悲しみを逆撫でするような無神経な記事ばかり」とか、踏み込みが足りないなどという批判が相次いだ。

それでも、あの時、あの場所で、どんな悲惨なことがあったのかを、被災地から遠い場所にいる読者が記事を通じて知ったのは、間違いない。

悲劇や絶望の存在を読者に伝えなければ、震災の大きさ、酷《むご》さ、怖さは伝わらない。

だから、記者たちは心を鬼にして取材し、そこから逃げずに原稿を書いた。

取材姿勢が常に完璧だったとは言えないかも知れない。しかし、彼らは間違いなく、そこから伝えたのだ。

それを場外から、非難し、揚げ句に「マスゴミ」と言い放つ——。

「震災の時は、新聞やテレビより、SNSの情報の方が早くて正確だった」という声がある。

SNSは報道ではなく個人の呟きや見解だから、曖昧な情報であっても問題ないとされる。一方で、マスメディアが間違ったり、被災者を傷つければ、「ゴミ」扱いする。

こういう現象に、どこかで歯止めを掛けなければならない。そのために重要なのは、マスメディアが自らに向けられた批判と向き合うことだ。

リスクを回避したいからか、非難を無視する傾向が強いが、それでは、「批判が正しいから沈黙している」と考える読者との距離は広がるばかりだ。

メディアは、一方通行であってはならない。

読者に情報を伝えるだけではなく、読者の疑問に答えなければならない。

メディア自身が情報発信者や読者とのコミュニケーションを怠り、一方通行の報道ばかり続けていれば、いずれ「ゴミ」と呼ばれることもなく、無視されていくだろう。

それは、日本の悲劇だ。

第八章
イチエフ

事故 無責任体

ドーム」の取材に訪れたのは、前回訪問した

までにすっぽり包む防護服、全面マスク、頭

という物々しい格好での見学だった。

除染や汚染水の処理が進んでいる

月から業務を開始した施設だ。

で、約900人が勤めるイチエフの拠点で、16年10

3階建て、延べ床面積約2万3600

平方メートルの広さがある。鉄骨

天井までの吹き抜けになっている。エントランス

いロビーはガラス張りの屋根から自然

光が射す。そして、イチエフ最大の

ようやく人の働く場所になって、広

戻ってきた。そして、イチエフ最大の

現状のイチエフを、東電はどのよう
に考えているのだろうか。

をリスクにかけているのか。
「一番気にかけているのは、リスク
をリスクとして見極めて慎重に進める
こと。未知の領域での作業なので無理
はしない」と増田尚宏所長は言う。
た、「事故前までは地域とのコミュニ
ケーションが不足していた。社内外の
コミュニケーションの機会を増やすよ
うに努めている」とも話す。　現状を
では、原発を抱える地元は、
どう把握しているのか。
電所の地元、富岡町や福島第二原

業の現状などを確認
て、昨年11月30日に木
示の大半は、事故につい
繰り返し謝していると
なかでも印象的だったの
それを、「おごりと過信」が事故を生
切り捨てるのはたやすい。
実際、おごとしかし、
れたのかま

私が原子力発電所を小説で取り上げたのは、2006年に発表した『マグマ』(角川文庫)が最初だった。もっともこの小説は、地熱発電所を日本で増やし、原発をいつでも止められる環境を作ろうという設定だった。原発について多くのページを割いたわけではない。

温暖化対策には、原発が有効と言われているが、万が一事故を起こした時のリスクを考えれば、代替エネルギーを考えるべきではないのか、と問題提起をするにとどめた。

そして、翌07年に、北京五輪目前の中国を舞台にした『ベイジン』(幻冬舎文庫)の執筆を開始した。同作では、近い将来、中国で最も飛躍するであろう産業を取り上げようと考えていて、それが、原発だった。

その頃の中国は、全土で工業化を進めていて、大型の発電所建設が急務だった。10年間で40基以上の原発建設が計画されているという情報があり、世界の原発関係者の間で、安全性が危惧されていた。

当時の中国に純国産の原発は存在せず、日本やフランスなどの支援によって数基の原発を所有しているに過ぎなかったからだ。

一方で日本は、三菱重工、日立製作所、東芝の3社が、世界の原発の大多数を生産するほどの実力を有していた。

そこで、日中共同で中国に世界最大級の原発を建設し、運開直後に、北京五輪のメインスタジアムに送電するプロジェクトを巡る小説を書くことにした。

執筆に当たり、国内外の原発を視察し、安全に対する徹底を肌で感じた。また、原発の製造現場を訪れた際には、巨大構造物にもかかわらず、ミクロ単位の品質へのこだわりを目の当たりにした。

しかし小説では、不幸なことに事故が起きる。

全交流電源喪失——ステーション・ブラックアウト（SBO）だ。

原発の専門家に、その構想を伝えると、厳しい口調で反対された。

「チェルノブイリ原発事故ではSBOとなったが、それ以降に技術が進歩し改善できたので、もう絶対に起きない」というのだ。

だが、世の中に絶対はない。小説の世界だからこそ、最悪の事故を書き警鐘を鳴らしたいと強く訴え、アドバイスを得た。

しかし、11年3月11日、東日本大震災が発生し、東京電力福島第一原子力発電所（以下イチエフ）で、未曽有の原発事故が発生してしまった。

私にとって、それは二重のショックだった。

発電事故が起きる可能性はゼロではない——。小説でそう警鐘を鳴らしたつもりだったが、真剣に受け止めた関係者は、皆無だった。そして、日本では、絶対に起きるわけがないと太鼓判を押されたSBOが起きてしまった。

さらに、『ベイジン』ではSBOが発生した時の対応についても、専門家に取材して描いた。が、それは生かされず、イチエフは、最悪の道を突っ走ってしまった。

15年、まだ、事故の傷跡が生々しいイチエフを訪れた。企業買収の小説『ハゲタカ』シリーズの5作目で、原発事故を取り上げるためだった。

その取材から4年を経て、再び、私はイチエフを訪れることになった。

2019年12月18日朝刊掲載

人の働く場所らしい風景、ようやく

2011年12月16日。

野田佳彦首相（当時）は、事故を起こした福島県の東京電力福島第一原子力発電所（以下イチエフ）が、「冷温停止状態にある」と宣言した。

原発における冷温停止とは、原子炉に制御棒を挿入して核分裂を抑え、原子炉内の水温が100度未満になった状態を指す。

「冷温停止状態」というのは、それに加え、「原子炉から大気への放射能の漏れを大幅に抑える」ことが可能になった状態だ。

あの宣言から、19年で約8年になる。そこで12月5日、私はイチエフを訪れた。約4年半ぶりの再訪だった。

多くの人にとって、イチエフの記憶は、水素爆発によって建屋の屋根が吹っ飛び、白煙を上げた時で止まっているのではないだろうか。

そして、膨大な放射能の影響で人は立ち入ることもできず、未だ事故の収束など到底不可能だと考えられているのではないだろうか。

だが、事故が発生した瞬間から、イチエフは日々変化をし続けている。

私は、08年に小説『ベイジン』を出版した。本作で原発の甚大事故を描き、18年には、甚大な原発事故を起こした電力会社を投資ファンドが買収する物語の『シンドローム』を発表、エネルギー問題は小説家としての私のライフワークになった。

初めてイチエフを訪れたのは、『シンドローム』（講談社文庫）の取材のためだった。頭までをすっぽり包む防護服、全面マスクという物々しい格好での見学だった。

敷地内の土壌に染みこんだ放射性物質の除染や汚染水の処理が進んでいた。また、地下水の汚染を防ぐための遮水壁の工事も行われていた。

敷地には、数え切れないほどのタンクが並んでいた。タンク内には、多核種除去設備（ALPS）などで汚染水から可能な限りの放射性物質を取り除いた処理水（なおもトリチウムが含まれた水）が貯蔵されている。

†　†　†

あれから4年半――。前回訪問した時にはなかった建物が登場していた。新事務本館と呼ばれる施設だ。16年10月から業務を開始したイチエフの拠点で、約900人が勤務している。鉄骨3階建て、延べ床面積約2万3600平方メートルの広さがある。エントランスは天井までの吹き抜けになっていて、広いロビーはガラス張りの屋根から自然光が射《さ》す。ようやく人の働く場所らしい風景が戻ってきた。そして、イチエフ最大の変化は、軽装備で視察できるようになったことだ。

処理水をためるタンクは増えているが、恐怖心を伴う緊張感はもはやなかった。ただ、ときどき胸ポケットに挿した線量計から被曝《ひばく》量を警告するアラームが鳴ると、「あっ、ここは原発事故現場なのだ」と実感した。

高台に立ち、1号機から4号機までを一望した。事故発生前は白と水色の模様が同じように塗装された4棟の建屋が並んでいた。それが水素爆発などで外壁がほぼなくなり、各棟ごとに異なる増築が行われ、まるで未来の宇宙基地かと思うような奇妙な外観に変貌《へんぼう》している。事故によって溶け落ちた核燃料（燃料デブリ）や金属片などの状況調査が進んでいる。遮蔽《しゃへい》物の向こうの見えない場所で、気の遠くなるような廃炉作業が始まっていたのだ。

また、1号機と2号機前に設置された排気筒の切断作業が始まっていた。

高さが120メートルある排気筒は、事故の際、ベントした放射性物質を含む蒸気を放出した。放射能に汚染された上に、劣化も進んで、倒壊の恐れがあるため、上部61メートルを解体することになったのだ。

通常であれば、排気筒にやぐらを組んで作業員が解体作業を行う。だが、放射線量の問題もあって、ロボットによる遠隔操作で、筒を23回に分けて切断する方式がとられた。

その作業を進める地元企業「エイブル」の岡井勇さんに話を聞いた。

事故前から東電の設備のメンテナンスを請け負っていた同社にとっても今回の切断作業は「初めての試み」だ。「難易度の高い作業ですが、地元企業の使命として、挑戦したいと手を挙げた」と岡井さん。

実はこの取材の直前までロボットでの切断が難航しており、作業員が排気筒を上って、切断作業を行っていた。「排気筒周辺の線量を確認し、交代で作業をすれば可能だと判断した」と岡井さんは話すが、「自分たちがやらねば誰がやるんだ」という気概が、地元出身者が多い社員に浸透しているから実現した、という。

事故、無責任体質が呼んだ

現状のイチエフを、東電はどのように考えているのだろうか。

「一番気にかけているのは、リスクをリスクとして見極めて慎重に進めること。未知の領域での作業なので無理はしない」と磯貝智彦所長は言う。また、「事故前までは地域とのコミュニケーションが不足していた。社内外のコミュニケーションの機会を増やすように努めている」とも話す。

では、原発を抱える地元は、現状をどう把握しているのか。

以前にも取材した福島第二原子力発電所の地元、富岡町役場の福祉課長杉本良さんと再会した。

杉本さんは、現在も自宅が「帰還困難区域」にある。「役場での業務を再開したのは、2017年3月からです。放射線量は下がっていても、国の許可がなければ立ち入れない地域は今なお残っている。また、耕作放棄状態が続いていたので、農業を再開するのも大変なんです。それでも、一からやり直していくだけ」

嘆くより前に進む――。その思いは、きれい事ではなく、そこで生きていくための当たり前の姿勢なのだ。

†††

富岡町にある「東京電力廃炉資料館」にも立ち寄った。元々あった旧エネルギー館を改修し、「原発事故の事実と廃炉作業の現状などを確認する」施設として、18年11月30日にオープンした。展示の大半は、事故についての「おわびと検証」だ。

なかでも印象的だったのは、東電の「おごりと過信」が事故を生んだと、繰り返し謝罪していることだ。

それを、「おためごかし、欺瞞《ぎまん》」と切り捨てるのはたやすい。

実際、おごりと過信が本当に改められたのかは、今後の東電の原発に対する取り組みでしか証明できないだろう。ただ、その言葉を、明確に伝えているのは評価すべきではないか。

原発事故が起きるまでは、電力会社の企業イメージは総じて「上から目線の傲慢《ごうまん》な企業」だった。にもかかわらず、それをものともせず我が道を行くのが電力会社だった。

それを思えば、隔世の感がある。

「原発は安全だと騙《だま》された」という国民の怒りを招いた原因を反省するのは、決して悪いことではない。情報を積極的に開示しようとする姿勢は、これから先も変わらず大切にして欲しい。

誰もが理解できる「ことば」で伝える、そして、それを実行する責任感を持つということが、日本人は苦手だ。そんなことをわざわざ表明したら、失敗した時に手ひどい非難を受けるからだ。だから、責任を追及されるような言葉は極力発しない。

それが、無責任体質を生んだ。原発事故とは、そんな日本的組織体質が呼び寄せた最悪の不幸だった。

今後、イチエフで、議論を呼ぶであろう問題がある。

トリチウムを含んだ処理水の問題だ。イチエフ構内にある処理水のタンクは約1000基あり、19年11月21日現在、約117万トンたまっている。東電の試算では、22年の夏頃に総容量を超えるという。その対策をどうするのか?

国内外の原発で発生したトリチウムを含む処理水は、濃度や量を管理して海洋に放出されている。ただ、イチエフの場合、他の原発と同じように処理水を海洋放水する、というのは、難しいだろう。

そもそもトリチウムについての情報発信が希薄だ。放射性物質の放出について過敏な日本で理解を得るには、さらなる冷静かつ客観的な情報公開、および分かりやすい伝達が求められる。

「伝える広報から伝わる広報に努めてイチエフで何が行われているのかを伝えていく。何が起きても隠さない」

事故後にイチエフの所長も務め、現在は福島第一廃炉推進カンパニー・プレジデントになった常務執行役・小野明さんの決意である。

スウェーデンの高校生グレタ・トゥンベリさんらの活動で、温暖化対策のための化石燃料の使用中止が注目されている。グレタさん本人にそんな意思はないだろうが、彼女らの行動は火力発電の代替として原発を推進するしかないという声を生んでいる。

「今後の発電に原発がどんな役割をすべきなのかは、我々が考えることではない。とにかく粛々と廃炉作業を続けることに専念したい」と小野さん。

事故から8年9カ月、エネルギー問題は、新たな局面を迎えつつある。

だからこそ、我々はもう一度原発とも向き合う時なのだ。

執筆後記

2021年4月13日、政府は処理水を23年から、太平洋に放出する方針を決めた。現在貯蔵している処理水を、さらに希釈して放出する予定だ。

現在の処理水の濃度でも、世界基準を十分に下回っているため、本来であれば、問題になる出来事ではない。

にもかかわらず、各メディアは、大きく報道した。原発事故により、溢《あふ》れ出た放射能を大量に含んだ汚染水を処理した水だからだ。

既にイチエフ内に貯蔵している処理水は約130万トンに達しており、22年には現在準備できている貯蔵タンクが満杯になる。本来であれば、放水は来年早々にでも始めたいところだが、政府がさらに1年先送りしたのは、周辺諸国や野党の反発に対する配慮だろうか。

東電は決定に従い、新たに貯蔵タンクを増設することを決めた。

処理水の放出に伴い、最も懸念されるのが、周辺海域で操業を続ける漁業への風評被害だ。

各メディアも、地元漁業関係者の怒りの言葉を取り上げている。

政府は、風評被害対策には十分な対応を講じるとコメントしているが、地元が納得するまでの道のりは険しいだろう。

だが、いつかは行うべき処置であり、放水すれば、必ず漁業関係者が被害を被ることは想定されていた。ここは政府が、漁業関係者とのコミュニケーションを深めて、信頼を築いていくしかない。

政府の決定に対して、アメリカや国際原子力機関（ＩＡＥＡ）は容認を示した一方で、中国と韓国からは、「日本の身勝手」という非難の声が上がった（その後、韓国は、ＩＡＥＡ基準なら、あえてイチエフの太平洋放水に反対しないと表明）。

もっとも、両国は、今回日本が放出する予定の処理水よりもはるかに高い濃度のトリチウムを海洋放出しているのだが。

第九章　銀座の今

ん。逆に、来客増を狙って、単価を下げると、大抵は失敗します」

銀座は、ステータスの場だからだ。ただし、訪れる客には、変遷がある。

「かつては、中間管理職の方でも、接待の場として利用されていました。今は、経営陣や幹部が中心です」

経費を使える人の数が絞られてきたのは、間違いない。

バブル期のように国中が浮かれ、カネを使う時代は二度と来ないだろう。しかし、いつの世にも成功者はいる。それぞれの時代に合わせて、彼らの職種も世代も変わるが、カネが潤沢にある、という事実があるかぎり、銀座は歓迎するし、そうやってたくましく生き永らえていく。

最近の銀座で羽振りが良いのは、ベンチャー企業の経営者という「新参者」たちだ。

「そういうお客様が、礼儀知らずに騒ぐなどと報道されているようですが、それはごく一部で、高級クラブデビューと思って、その場になじむ努力をしている方が多い」


ネオンがきらめく銀座のクラブ街に立つ真山仁さん

こうした
ある。元々
く場所」と
言い換えれ
ける場所よ
つけたいと
ーリッチの

では、居
光客はどう
彼らの良
である。な
はずである
くるという
に夜のイン
る。

中国の大
合はある。
グゼクティ
る。

高級クラ
うか。「買
いう女性の
性社長や役
利用すると

接待は、
からしい
く、私たち

1964（昭和39）年に東京五輪が開催された頃の東京を、独自の視点で切り取った開高健の『ずばり東京』は、東京という街の昼と夜の様々な風俗を見事に取り込んでいる。「Perspectives：視線」でもこのあたりで、東京の風俗的な色も残したいと考えて、スポットを当てたのが、「日本経済の社交場」とも言われた銀座の高級クラブだった。

銀座の高級クラブといえば、会社の接待で使われる他に作家のたまり場のように言われていた時代もある。

だが、それはほぼ過去の話で、作家の接待に高級クラブを使う出版社は、現在ではほぼない。過去の栄光を持つ文壇クラブも数を減らし、既に絶滅危惧種と化している。

同様に銀座の高級クラブも、減少傾向が続いている。

日本の繁栄のシンボルでもあった夜の社交場は、このまま、終焉《しゅうえん》を迎えるのだろうか。

2020年2月21日朝刊掲載

「日本経済の社交場」、依然したたかに

銀座は、日本経済のバロメーターだと言われている。

現在はインバウンドの象徴として、昼間は多くの外国人買い物客でにぎわっている。新型コロナウイルス問題が起きるまでは、軒を並べるブランド店で中国人観光客が豪快に買い物をしていた。それを見て、銀座は中国人に占領されたと嘆く日本人も少なくなかった。

ところが、日暮れと共に、街の様相は一変する――。というよりも、イメージ通りの銀座の光景が息を吹き返すのだ。

銀座のアイデンティティーともいえる高級クラブに吸い込まれる客の大半は日本人だ。

そこには、戦後一貫して「日本経済の社交場」としての役割を担い続けてきた、銀座の正体がある。

バブル経済沸騰中は数々の豪遊伝説が生まれたし、それがはじけた途端、常連客が夜逃

げした例も数知れない。勢いを取り戻すさなかに起きたリーマン・ショックで、社用族と言われた接待利用客が激減した。

２０１１年には東日本大震災が発生した。日本を励ますつもりで営業を続けたら「非国民」呼ばわりされた店もある。多くの店が営業自粛を余儀なくされ、街からネオンが消えた。

何度も「銀座は、死んだ」と言われながらも、その都度、よみがえってきた。経費削減、上司が飲みに誘うだけでパワハラ扱い……そんなご時世になっても、銀座は日本経済の社交場であり続けているらしい。

ある時、銀座の高級クラブに行こうという話になった。今やすっかり斜陽と聞くし、銀座の変わりようでも見てみるかという偏見と共に「Club ueda」という店に入った。

そこには斜陽とは無縁の、〝ザ・銀座〟の世界があった。人いきれがするほどの男女が席を埋め尽くしていたのだ。

†††

大阪のクラブ街・北新地で29年間、高級クラブのトップランカーとして成果を上げて、12年ほど前にオープン。「銀座は日本一の街。いつかは、店を出したいという夢を実現させたかった」とママの上田小夜子さん。

いわばアウェーへの進出で、開店当時こそ「大阪から乗り込んでくる店は『エゲツナイ』と警戒された」と語るが、そこを大阪人らしい才覚と機転で乗り切った。

銀座は、ママの人気で客が集まると言われ、個性派の面々が多い。だが、上田さんはその逆をいく。

初めて店を訪ねた時の印象は、銀座のママというより、老舗旅館のおかみが、あいさつに回るという印象だった。店の雰囲気は哲学を感じさせるし、ホステスや黒服と呼ばれる男性スタッフの自発性や動きは機敏だった。

関西には〝出すぎない美学がある〟と大阪生まれの私は、以前から思っている。大阪は「ガメつく、エゲツナイ」と言われるが、それは一面的だ。

関西での一流のおもてなしの極意は、一見控えめでありながら、その実、誠意が尽くされているところにある。上田さんの接客哲学もそれに通じるように思える。

もちろん、〝大阪流〟が銀座の活性化を支えている、と言うつもりはない。銀座は、接待の場としてこれまでもにぎわってきた。

常連客が接待したい相手を連れてくると、店は委細承知とばかりに場を盛り上げる。押しつけがましいのは逆効果だが、常連客の誠意を、その店でしか味わえない方法でサポートする。

高級クラブは、日常生活のしがらみを忘れて夢心地で遊ぶ場だ。いわば大人のテーマパークだ。客は非日常的なハイテンションを提供されて、日々のしがらみやわだかまりを吹き飛ばす。けっして安くない料金を納得させるだけの演出力は必須なのだ。

会社の経費で処理できたからこそ、銀座が長らく接待の場として成り立ったのは事実だ。しかし、接待経費は切り詰められた。会社の懐具合の厳しさは、年々強くなっている。にもかかわらず、なぜ、銀座の高級クラブには客が集まるのだろうか。

「バブル崩壊前には銀座には3000店のクラブがあったと言われています。それが、300店にまで減ったそうです。最近はアベノミクス効果でお客様は戻ってきました。連日にぎわっているお店もありますが、銀座全体が復活したというわけではない気がします」

早稲田大学在学中からクラブに勤め、銀座に関する著書もあるクラブ「稲葉」のママ白坂亜紀さんはこう分析する。

時は移れど、「粋」学ぶ成功者

景気の変化に早く反応する街、銀座。売り上げや利益が下がれば、接待もなくなるし、オーナー経営者でも、銀座で遊ぶ余裕はなくなる。

「銀座の高級クラブは特別な場だという自覚を失うと、お店は存在意義を失います。だから、どれだけ景気が悪くなっても、お店の料金は変わりません。逆に、来客増を狙って、単価を下げると、大抵は失敗します」

銀座は、ステータスの場だからだ。ただし、訪れる客には、変遷がある。

「かつては、中間管理職の方でも、接待の場として利用されていました。今は、経営陣や幹部が中心です」

経費を使える人の数が絞られてきたのは、間違いない。

バブル期のように国中が浮かれ、カネを使う時代は二度と来ないだろう。しかし、いつの世にも成功者はいる。それぞれの時代に合わせて、彼らの職種も世代も変わるが、カネが潤沢にある、という事実がある限り、銀座は歓迎するし、そうやってたくましく生き永らえていく。

最近の銀座で羽振りが良いのは、ベンチャー企業の経営者という「新参者」たちだ。

「そういうお客様が、礼儀知らずに騒ぐなどと報道されているようですが、それはごく一部で、高級クラブデビューと思って、その場になじむ努力をしている方が多い」

無礼な若者を常連客が「教育する」というのも、かつての銀座の流儀だったが、最近はそういう光景は減ったという。

「その分、私たちママが、若いお客様の立ち居振る舞いをアドバイスするように努めていますし、彼らは素直に、それを受け入れていますす」

こうしたやりとりが成立する理由がある。元々夜の銀座には「人間力を磨く場所」という役目があったからだ。言い換えれば、「粋」を学び、身につける場所ということだ。

「粋」を身につけたいと来店するのが、現代のニューリッチのたしなみなのだろう。

†††

では、昼間の銀座の主役、中国人観光客はどうだろうか。

彼らの身なりは高級ブランド尽くしである。ならば当然カネを持っているはずである。

だが、常連が客を連れてくるという高級クラブのシステムゆえに夜のインバウンドは静かなものである。

中国の大富豪や経営者を接待する場合はある。彼らの場合は、国際的なエグゼクティブなので、目立ちにくいと思われる。

高級クラブは男性だけの場なのだろうか。「興味津々で遊びに行きたいという女性の方は多いですね。また、女性社長や役員の方が、接待の場として利用するというのが増えました」

接待は、プロに任せようという発想からららしい。「景気の流れだけではなく、私たちは時代の流れにも敏感になる必要がある」と白坂さん。

一方、上田さんは「ホステスもお客様も、めまぐるしく入れ替わります。そういうものだと受け入れて、逆にその変化を楽しもうと考えるようになりました」という。しなやかにしたたかに、という姿勢が、厳しい時代の銀座の生き残り術であり、日本の経済復活の鍵なのかも知れない。

夏に迫った東京五輪について、高級クラブに外国人も大勢詰めかけるのではという予想もある。

「爆発的には増えない気がします。ですが、全国各地から観戦に来る方々が銀座にも来られるかもしれません。これぞ銀座！　という時間を体験してもらおうと計画中です」と白坂さんは、銀座社交料飲協会の活動として検討している。

一方、上田さんは「オリンピック開催時は、様々な規制があるので、お店を臨時休業しなければならないのではという情報もある。まだ、どういうおもてなしをすべきかが検討しにくい」ようだ。

東京五輪のキーワードは「おもてなし」だ。それを外国人客に味わってもらうためにも、銀座は、その極意を惜しみなく見せるべきだ。五輪の運営関係者には、おもてなしのプロたちを巻き込むぐらいの大胆さも欲しい。

いずれにしても、銀座にはカネと余裕のある成功者が集う。顔ぶれは変わってもその場がにぎわうということは日本は未《いま》だに元気であるとも言える。

そして、銀座の灯が消える時は日本の繁栄が終焉を迎えた時なのかも知れない。

執筆後記

取材した直後に、社会状況が激変してしまうことがある。大災害や大事故が起きた時など、その当日の新聞記事を読んでも、凶兆は窺《うかが》い知れない場合が多い。

この回の原稿も、そんな事例の一つだ。

銀座の高級クラブを取材していた時には、既に中国の武漢で新型コロナウイルスの感染の広がりが確認されており、2月3日に横浜港に到着した豪華客船内で、クラスターが起きていた。

だが、当時はまだ、「外国で感染した人が乗った船が、日本に寄港しただけで、日本の国内問題ではない」と甘く見ていたところがあった。

海外渡航への注意喚起は行われていたものの、日常生活に大きな変化はなく、銀座も連日にぎわいを見せていた。

この未知のウイルスの影響を感じていた人は皆無で、取材の際にも話題にならなかった。

だが、2020年4月、東京都に緊急事態宣言が発令され、酒を提供する飲食店は、皆、午後8時閉店を求められた。

但し、午後8時閉店は、「自粛要請」だ。ひんしゅくを買う覚悟があれば、何時まででも営業はできる。

実際、営業を続ける飲食店はあったが、銀座の高級クラブは、自粛要請に従ったところが多かった。

にもかかわらず、客からコロナの感染者が出たために、銀座のクラブは一時、非難の対象になってしまった。飲食店で感染が確認されたのは、銀座の高級クラブだけではない。だが、「上級国民が利用する場所」という決めつけからか、風当たりが強かった。

同じ自粛でも、東日本大震災の時とは異なる。

前回は、被災者の感情を気遣っての一時的なものだったが、今回は、先行きが見えず、いつまで自粛を続けるか判断しなければならない。

経営への打撃は深刻だ。政府から支給される給付金程度では、焼け石に水にもならない。

しかも、宣言が解除された後も、従来通りとはならなかった。再び感染者が増えて緊急事態宣言が発令され、その後「まん延防止等重点措置」が出された。銀座は立ち上がれないほどの打撃を受けてしまったと言われている。

コロナ禍が長引けば長引くほど、経営は圧迫されていく。店の家主の中には、営業停止中は、家賃も「停止」すると配慮したところもあるが、誰もが生きていくための決断を迫られた。

きっぱりと長期休業に入った店もあれば、今までの顧客との関係維持のために、飲酒なし、午後8時閉店で営業を続けた店もある。

そんな最中に、国会議員が緊急事態宣言中に深夜まで、銀座の高級クラブで時間を過ごしたことが発覚し、議員と共に、店もバッシングされてしまった。その結果、銀座は「不謹慎な街」というレッテルを貼られてしまった。

時代の荒波の中で、「銀座魂」を守ろうと悪戦苦闘してきた高級クラブは、展望が開けない災厄の下で、臥薪嘗胆《がしんしょうたん》を続けている。

今振り返ると、掲載された記事内容が絵空事に見えてしまうことに、我々が抗えない時流の怖さがある。

果たして、コロナ禍が過ぎ去った後、銀座の街は、どう変貌しているのだろうか。

それまでと同様、逞《たくま》しくよみがえる銀座を見てみたい。

第十章 新型コロナ

そもそも、今回のウイルス騒動は、降って湧いた想定外の出来事と言えるのだろうか。
過去に、SARSやMERS（中東呼吸器症候群）、さらには新型インフルエンザなど、日本だけでなく中国や韓国などアジア諸国で深刻な感染をもたらした疫病騒動があった。いずれも21世紀に入ってからの出来事だ。にもかかわらず、禍が過ぎるとホッとしてやり過ごしてしまったのではないだろうか。
私が問題にしたいのは、安倍政権の失政をあげつらうことではない。二度とこんな失敗を繰り返さないため、今回の騒動を教訓とし、中国での発症からいずれくる終息までをつぶさ

2020年1月からじわじわと感染が広がった新型コロナウイルスは、その後、日を追って猛威を振るい始めた。

特に、中国や日本より感染者が出始めるのが遅かった欧米で急拡大。大量の死者を出していた。

欧米各国は外出禁止令などを次々と発令し、国民は原則的に自宅から外出できなくなったが、ウイルスの猛威は衰えなかった。

それを横目で眺めながら、日本でも、徐々に深刻度が増し始めた。

様々な理由から、日本は国民の行動を制限する法律を有していない。政府は国民からひんしゅくを買ってでも、コロナ対策の法律を制定できるのかどうか、覚悟が問われていた。

安倍政権は、民主党政権による東日本大震災時の原発事故や被災地の対応を「危機管理意識に乏しい」と非難し、国民の支持を得て、政権を奪還した。

その後も、危機に強い政権と誇示し、特定秘密保護法や安保法制など、それまで踏み込んでこなかった法律の制定を行った。

だが、本当に危機管理に長けているかどうかは、不測の事態が起きた時の対応で判断すべきだ。

つまり、国民から不興を買う可能性があっても、それが国民の命や生活を守るためなら、迷わず英断を下せるかどうかだ。

安倍総理は、いつも勇ましく拳を振り上げ、自民党の議員や妻が不祥事を起こしても、どこ吹く風で無視をし、強さを訴えてきた。

だが、新型コロナウイルスの蔓延《まんえん》と共に、その勇ましさは影を潜め、思いつきのように行う決断が、国民から非難されたり失笑を買う事態が続いていた。

そもそも国家とは何か。危機管理に必要な情報収集を、我が国は的確に行っているのか。

それらを、日本政府の対応を検証しながら、考えてみようと思った。

2020年3月24日朝刊掲載

脆弱な危機管理、さらけ出した安倍政権

新型コロナウイルスの蔓延が、深刻度を増している。未だ治療薬が完成していない中、恐るるに足りぬという声から、終息に1年は要するという予測まで何一つ確かな事実は存在しない。

この影響で株価は暴落し、円高基調になり、世界恐慌が起きても驚かないところまで、我々は追い詰められている。

国民生活には抑圧と不安が広がり、文明社会が溶融するのを誰も止められずにいる。

厚生労働省や日本環境感染学会の資料などを基に、朝日新聞が別刷り紙として2020年3月12日に発行した「知る新型コロナ」によると、新型コロナウイルスは、重症急性呼吸器症候群（SARS）に比べれば、感染した人の健康を害する能力は低いらしい。また、世界保健機関（WHO）の発表によると、全年齢平均の致死率は3・4％だ。

中国の約5万5000人の患者のうち、重症化した人は約14％に過ぎず、その約半数は

回復したという。

これらが事実だとしたら、世界中が震撼《しんかん》するほどの危険なウイルスには思えない。にもかかわらず、世界はパニックに近い状態になっているのには理由がある。新型コロナウイルスには厄介な特徴があるのだ。

たとえ感染しても発症しない人が多い一方で、未発症者も感染源になりうる。これらの人々が自覚なく日常生活を続けてしまうだけで、感染が広がるのだ。

その結果、街を歩いている人も感染しているかも知れないという不気味さが、多くの人に恐怖を植え付けた。

その上、現状では特効薬がないため、各人の体力と免疫力、対症療法で治す以外に、方法がないときている。そして地球規模の大感染となり、ＷＨＯが「パンデミック＝世界的大流行」と認定せざるを得なくなった。

†　†　†

新型コロナ禍が、今後どのような展開を見せるのかは、もはや神のみぞ知る。

そして、我が国はこの騒動によって重大な弱点をさらけ出してしまった。

それは、危機管理に対する現政権の脆弱《ぜいじゃく》性だ。

報道によると、中国の武漢市で新型コロナと見られるウイルス出現が確認されたのは、

19年12月だという。そして、大みそかには、武漢市政府が27人の「原因不明の肺炎患者がいる」と公表した。

こうした事実は、日本政府に伝えられなかったのだろうか。

隣国で異変が起きたことを、日本政府が的確に察知する仕組みを持たないのは、あまりにも無防備としか言いようがない。当時、武漢市には約700人の日本人がいた。中には異変を感じていた人もいたようだが、それを気兼ねなく日本政府に伝える仕組みもなかったようだ。

20年1月9日、中国政府は新型コロナウイルスの存在を発表する。次いで16日に、日本国内で初の発症者が出たことを、日本政府が発表。

この段階が一つのターニングポイントだった。一体、中国で何が起きているのか。それは日本に影響がないのか。対策はどうするのか。

日本政府が動きを見せたのは24日で、武漢市の封鎖を受けて、湖北省への渡航中止の勧告だった。

優先するべきは、大型連休が始まった中国からの渡航者を阻止することではなかったか。にもかかわらず、最初に取ったのは「武漢に行かない方がいいよ」という勧告だった。あまりにも危機感が欠如していたとしか言いようがない。

20日に開会した国会では連日、安倍晋三首相主催の「桜を見る会」や統合型リゾート（IR）を巡る汚職事件の疑惑追及が行われ、新型コロナの問題は、ほとんど言及されていなかった。

政権も野党も含めた国会議員が、国家の危機とは何かを理解していなかったと思えてならない。

危機管理というと、テロ対策や軍事的安全保障にばかり目がいく。だが、大災害や食糧危機、あるいはオイルショックのような事態も含まれる。

様々な危機への対策を国家レベルで用意することは、国民の命を守る国家の義務だ。東日本大震災での原発事故発生時に事故対応マニュアルが機能せず、事故をより甚大に広げた痛恨の経験をしたからこそ、あらゆる危機に備えたマニュアルと覚悟を持って当然のはずではないか。

にもかかわらず、日本は指をくわえて国内への蔓延を許してしまった。もっとも、世界規模で見れば日本が突出して、対策がまずかったわけではないという意見もあろう。しかし、甚大な災害を経験した国家ならではの沈着冷静な危機管理を示して欲しかった。

命守る究極の選択と説明を

そもそも、今回のウイルス騒動は、降って湧いた想定外の出来事と言えるのだろうか。過去に、SARSやMERS（中東呼吸器症候群）、さらには新型インフルエンザなど、日本だけでなく中国や韓国などアジア諸国で深刻な感染をもたらした疫病騒動があった。いずれも21世紀に入ってからの出来事だ。にもかかわらず、禍《わざわい》が過ぎるとホッとしてやり過ごしてしまっていたのではないだろうか。

私は、安倍政権の失政をあげつらうつもりはない。

二度とこんな失敗を繰り返さないため、今回の騒動を教訓とし、中国での発症からいずれくる終息までをつぶさに記録し、その対策を徹底的に練り、次なる危機に備えて欲しいという訴えだ。

これは政権や政府だけの問題ではない。メディアもまた、対策の迷走ぶりを非難するだけではなく、次に備えるための取材活動に取り組んで欲しい。

†　†　†

私は以前から日本では、国家の意味が正しく理解できていないのではないかと懸念していた。そして、今、それは現実に起きてしまった。

国家とは、国民が安心して暮らすために、ベストを尽くす機構だ。時には多くの国民を救うための究極の選択も必要になる。

中国人渡航者を拒絶すれば、外交問題になるかもしれない。しかしそれを恐れず、日本人の命を救うために、時には外交面でひんしゅくを買うことも必要なのだ。

その決断をするのは大統領や首相という政治の責任者の責務だ。

一部では、国民の自主性を重んじて、皆が感染防止に努めれば、必ず終息するという考えもある。それを日本方式だという人もいる。

東日本大震災に襲われた被災地では、救急医療について、トリアージを徹底しようという動きがあった。トリアージとは災害や事故で発生した多くの負傷者を治療する時、患者に優先順位を付けることだ。

コロナウイルスがさらに猛威を振るったり、突然変異して致死率を上げたりする可能性もゼロではない。

その時、本格的なトリアージを決断する覚悟が問われるだろう。

発端となった中国の武漢市では、既にピークアウトしたと言われている。特効薬が開発されたのではない。共産主義国家ならではの強権力にものを言わせて、市民の行動を徹底的に制限して、非感染者を含めた武漢市民を封じ込めたからに他ならない。

そのような独裁は、民主主義国家では無理だ、という人が多いだろう。しかし欧米では、非常に厳しい禁止令を発令した国もある。日本との大きな違いは「要請」ではなく「命令」であるという点だ。

私は、欧米と日本との間には、国家観の違いがあるように思う。一部の人権を制限しても、多くを救えるのであれば、強権発動はやむなしという発想は、共産国家でなくても持っているはずだ。それは言い換えれば、国民を守るという意味になるからだ。

むしろ、それを強行していれば最悪の事態を封じ込められたのに、それを怠った政府は、国民から信用を失う。

究極の決断をするために、首相がいて、官邸を中心とした政府がある。命を脅かされる危険のない時に、ささやかな政策を断行するために、首相がいるのではない。

危機に追い詰められた時に、命がけで非情な決断をするからこそ、首相には、多くの権限が与えられている。

それが危機管理ではないだろうか。

何を犠牲にして、何を守るのか。

3月23日に、東京五輪延期の可能性に言及した安倍首相だが、16日のG7の首脳テレビ会議では、「人類が新型コロナウイルスに打ち勝った証しとして完全な形で実施することで支持を得た」と五輪開催にこだわっていた。

コロナ騒動の中で、首相が決断するのは、東京五輪を行うかどうかではない。国民の命と日本という国を維持するために、究極の選択について国民からの理解を得ることではないのだろうか。

執筆後記

この記事から1年が経過しても、コロナ禍は去らなかった。

去ったのは、盤石と言われた安倍晋三総理の方だった。

体調不良が原因と言われていたが、実際のところは、コロナ禍での対策に疲れ果てて、政権を投げ出したのではないか、という声が根強い。

益荒男《ますらお》ぶりを見せていた安倍総理像は、張り子の虎だった——と言われても、反論できない敵前逃亡だった。

そして、今なおコロナ対策に、政治も社会も経済も追われている。

菅政権になっても代わり映えしない閣僚たちなのだから、革新的な政策が生まれるわけはなく、それどころか全てを専門家に委ねて、政治家は、徐々に後退している。

収拾がつかなくなった時の責任を取りたくないからだろう。

陽性反応者が爆発的に増え、治療薬の目処《めど》も立っていないが、死者数がある程度抑えられているのは、不幸中の幸いだ。

それでも、医療体制は各地で限界を超えている。必死で感染者の回復に尽力する医療従事者に対して、政府は大胆な政策を行っていない。

もはや、危機管理の欠如ではなく、政権も政府も「国家の存在意義は、国民の命と生活を守ることである」ということすら、放棄してしまった気がしてならない。

全ての責任を現場や専門家に押しつけ、自分たちは、新型コロナという「嵐」が通り過ぎるのを、頭を抱えてやり過ごそうとしている。

与党や政権だけの問題ではない。野党議員もまた、国会議員なのだ。政権を非難するよりも、国民の命を守るための法律や制度を具現化して、国会や社会へ提案することに終始すべきなのに、それもなされていない。

メディアも国民も、誰が悪いのかではなく、解決できていない問題を抽出して、その対策に全力を注ぐよう求めていくべきだ。医療従事者に安寧の時を提供する日が一刻も早く来て欲しい。

第十一章 タワマンの未来

総務省の発表によると、2020年9月15日現在、65歳以上の高齢者人口は、3617万人に達した。これは前年比30万人の増加だ。総人口に占める割合（高齢化率）は28・7％（同0・3ポイント上昇）で、超高齢社会として世界一の高水準だ。

全世界が日本の高齢者対策に注目している。経済力があり、従来から社会福祉もそれなりに充実している国であり、平均寿命が世界一である（84・26歳＝19年）ことを合わせて、老後のライフプラン、就業対策、さらには介護福祉体制など、日本での試行錯誤を参考にして、自国の政策を検討するらしい。

そこで、住居者の高齢化が進み、近い将来、超高齢社会の象徴と言われると予想される、ニュータウンの現状を取り上げようと考えた。

ところが、下調べを始めると、現在のニュータウンは、空き室に外国人や若い家族世帯が入るなど、改善の兆しが見えていることが分かってきた。

また、朝日新聞で既に似たような連載企画が掲載されていたことも判明した。

このテーマで進めるべきか迷いながら、ニュータウンやタワーマンションに詳しい住宅・土地アナリストの米山秀隆氏に取材をした。

その結果、都市内の住宅に関する別の問題が存在し、まさに今拡大しているにもかかわらず、危機感を持つ人が少ないという事実を知った。

2020年4月18日朝刊掲載

ニュータウンと同じ「スラム化」の足音

新型コロナウイルスの影響で、日本中が、自宅に〝釘付け〟されている。家族全員がずっと一緒に過ごしているという家庭も少なくないだろう。

東京などの大都市圏では、マンションに居を構えている人が多い。不動産価格が高いこともあり、その住空間は決して広くない。四六時中顔をつきあわせていると、窮屈だったり、居場所がなかったり、息苦しさを感じてしまう人も多いのではないだろうか。

そんな今、唯一贅沢《ぜいたく》だと思えるのは、時間がたっぷりあることだ。自分たちの住まいの将来について改めて考える機会にしてはどうだろうか。

互いに見知らぬ多くの家族が一つの建物の中で生活する集合住宅の歴史はさほど古くない。

きっかけとなったのが、「ニュータウン」だった。前回の東京五輪が開催された1964（昭和39）年頃から東京や大阪、名古屋などで多くのマンションが集積した「ニユータウン」が造成された。そして、「ニューファミリー」と呼ばれる核家族を基準とした新しいライフスタイルが広まった。

国土交通省は、次の3条件を満たした地域をニュータウンと呼んでいる。（1）55（昭和30）年度以降に着手された事業。（2）計画戸数1000戸以上または計画人口3000人以上の増加を計画した事業で、地区面積16ヘクタール以上のもの。（3）郊外での開発事業（事業開始時に人口集中地区外であった事業）。

ニュータウンのために新たに鉄道が敷かれ、学校やショッピングセンターも新設した。何もかもが新しい〝一億総中流時代の象徴〟のような街だった。

ニュータウンの総数は全国約2000カ所にのぼる。建設のピークは70年代。50年近くを経た今、高齢化とスラム化が喫緊の課題となっている。

この半世紀で、子どもたちは巣立っていき、老夫婦が取り残された。やがて配偶者が亡くなると、孤独な高齢者が残される。あるいは、住む人がいなくなり、空き家が増加していく――。

空き家問題の専門家で、『限界マンション』の著作もある住宅・土地アナリストの米山秀隆氏は、こうした「スラム化」の広がりを懸念する。

「多くのニュータウンの建物は建て替え不可能のケースが多い」

理想的な建て替えは階を元ある建物の倍に増やして新たな居住者を募る。その利益で旧来の住人は大きな負担もなく、新しく手入れされた部屋で暮らすというものだ。しかし、そのようなケースはなかなか実現しない。第1世代が建て替えの主体になるのは年齢的に難しいため、次の世代か、次々世代が計画の中心にならなければならないのだが、世代交代が進んでいない。人が去ったきり、新たな流入がないのだ。

「ニュータウンの間取りは、現代のニーズからすると狭い。アクセスが悪い場所も多く、共働きが当たり前の世代には好まれない。揚げ句が修繕積立金不足で十分なメンテナンスが行われず、建物が劣化している。住人が減り、廃れていく」。もはや「再起不能」――そのようなニュータウンが年々、増えているという。

† † †

「いまニュータウンで起きている問題は、タワーマンションがいずれ辿《たど》る道かも知れない」と米山氏は言う。

思いがけない重大発言であった。

タワマン、すなわちタワーマンションは一般的に20階建て以上の鉄筋コンクリートの集合住宅を指す。現在のような都心の交通至便の場所に林立し始めたのは、21世紀に入ってから。2002年の改正建築基準法で容積率が緩和されて、その建設ラッシュを後押しした。

全国で約１４００棟約36万戸が建設され、今なお、建設計画は進行中だ。東京都内は特に集中しており全体の3割を超え、ある種のステータスとして、高収入の共働き夫婦（パワーカップル）にも高い人気を誇る。

「1棟で１０００人以上の住人を擁するタワマンも珍しくない。にもかかわらずマンションの管理組合が機能していないケースがあり、将来、ニュータウンのような『スラム化』すらおきかねない」と米山氏。

タワマンのスラム化と聞いて、一つ、思い出したことがある。

以前、取材したタワマン開発に携わるゼネコンの社員の言葉だ。彼は「タワマンには住みたくない」と断言していた。「日本では前代未聞の建築で、何が起きるか想定不能。災害時も心配だし、しっかりと修繕積立金を集めないと、資産価値も暴落するから」というのがその理由だった。

そんなものを販売するな！　と言いたいところだが、買いたい人がいるからゼネコンは先を競って都心部の交通至便の場所にタワマンを建て続ける。

狭い敷地に1000人超、不自然

多くのマンションの管理組合をサポートする管理士としてアドバイスを提供する深山《みやま》州《しゅう》氏は「タワマンを選ぶ動機は千差万別です。大勢の住人が共通認識を持ち、共生していくのは難しい」と問題の根本を指摘する。

将来を展望した時に見えてくる最大のリスクは、修繕積立金の不足だという。タワマンの場合、1棟で積立金の総額は10億円以上にも達する。

タワマンの大規模修繕では、低層マンション以上に費用がかかる。絶対に補修が必要なのは、シーリング材というゴム状の接着素材だ。耐久年数は約15年で、劣化するとそこから雨水が室内に浸入し、雨漏りの原因になる。超高層のため、足場が組めないことも多く、手間と技術が必要だ。築30年前後に行う2回目の大規模修繕では、エレベーターや給排水システムの交換も必要になり、費用がかさむ。

住人が修繕費を一括で支払うと負担が大きいため、積み立てるものの、負担を嫌う人は一定数いるという。都心部のタワマンは資産価値が高いので、投資目的での購入者が約3

割を占めている。彼らの多くは初回の修繕の前に売却する場合が多く、積立金の値上げに反対することも多いのだという。

「タワマンはステータスなんだから、将来の修繕積立金にカネを集めるのではなく、高級感のあるコンシェルジュや管理サービスの方の充実を求める住人もいます」と深山氏。

こうした事情もあり、管理組合の理事会は紛糾し、意見がまとまらないケースも多い。深山氏の感覚では、理事会がきちんと機能しているタワマンは「全体の2割程度」という。

「集合住宅の管理運営の鍵は、強いリーダーシップを持つ人です。まとめ役を楽しいと思い、他の住人とのコミュニケーションを厭《いと》わない人がいると、話が前に進みます」

強いリーダーがいて、理事会が機能しているタワマンでは「ビンテージ・マンションを目指すために日頃から住まいに愛着を持ち、修繕も積極的に行おう」という意識が生まれるという。しかし、残る8割は理事会が機能せず、40年、50年先のタワマンでは、現在のニュータウンが抱える課題以上の悲惨な状況が起きると予想される。

規模が大きく、都心という土地柄、タワマンが「スラム化」した時の影響は大きい。

†　†　†

かつては時代の象徴であったニュータウンの規模を、今ではタワーマンション数棟での み込んでしまえる。

この現状に私は戦《おのの》いてしまう。高層とはいえ狭い敷地に、1000人以上が暮らすのは、不自然に思えるからだ。

人口爆発が止まらず、国民の住む場所がないという現状であるならば、まだ分かる。しかし実際の日本は、人口減少の一途を辿っている。

大地震の可能性を考えると、東京一極集中の解消は国家としての重要な課題だ。なのに、都内には次々とタワマンが建設され、飛ぶように売れる。

江東区や中央区は、人口減少の解消策として、住宅用建物の容積率を大幅に緩和して超高層マンションの建設を可能にした。それによってタワマンが林立するようになった。

つまり、都内のタワマンブームは行政主導だったとも言える。自治体が人口減を解消するためにタワマンを〝誘致〟する。そこだけは人口増となる一方で、他の多くの自治体が人口減となる。これは、地域エゴではないだろうか。よくよく考えてみれば、郊外で自然に囲まれ、広い一戸建てに住む方が、はるかに快適なのに。

ニュータウンができた当時、郊外の人口が増えて都市が空洞化し、「ドーナツ化現象」と呼ばれた。都市では昼間と夜間の人口格差も広がった。

タワマンが林立するようになって、ドーナツ化は解消されたものの、都心部に全てが集中し、それと反比例して、郊外が過疎化する懸念が生まれた。人口が減り続ける日本にあってそれと相反するタワマン建設を、このまま本当に進めてよいのだろうか。

新型コロナウイルスの感染予防には、密閉、密集、密接の「3密」を避けることが有効とされている。タワマンのエレベーター内は、皮肉にもこの「3密」を作り出す格好の場となっている。

良くも悪くも一蓮托生《いちれんたくしょう》――果たしてそれは理想の住まいなのだろうか。

執筆後記

実は今、日本の地価は、バブル沸騰中だ。

さすがに、90年代に大きく弾けた時ほどではないが、その膨張は続いている。

コロナ禍で、リモートワークが定着した人の中には、都市から郊外や地方に移住して、田舎暮らしを満喫する新しいライフスタイルが生まれている。

だが現実には、今もタワーマンション人気は衰えていない。都心のど真ん中の超高層マンションの上層階に住むことは、その街を制覇した気分にさせる魔力がある。

21世紀に入ってから、若い世代に富裕層が増えた。会社員ではなく、起業したり、投資で成功した結果、夫婦共に、高額収入を得られるパワーカップルも多い。

自分たちで稼いだカネで、ステータスを感じる住まいを得るのは、何も悪くない。

成功した夫婦はきっと、タイミングを見計らってタワマンを売却し、郊外に一戸建ての豪邸を買うか、より豪華なタワマンを購入するのだろう。

それこそ、資本主義の常識だ。もしかすると日本人が長年手に入れたかった夢の生活かも知れない。

一方で、経年劣化したタワマンでは空室が増え、費用不足で修繕もできず、いずれ水回りが悪くなり、壁や床から水漏れが起きてくるだろう。

やがて、そんなタワマンはスラム化する。

大都会のど真ん中にそびえ立つスラム化した超高層ビルなんて、誰も見たくない。だが、簡単には取り壊せない以上、そのような光景が、都内の到る所に放置されていく可能性は、ゼロではない。

人口減少が続くから、と従来の規制を緩和して、1棟で、地方の小さな村に匹敵する人口を抱えるタワマンを誘致した行政機関を非難したくても、きっとその頃、それを認めた当事者はこの世に存在しないだろう。

90年代にバブル経済が弾け、日本社会はどん底に落ち、失われた30年を国民は体験した。そんな事態を誘因した責任の一端は、国や政治家にあった。

同じような愚行を、再び繰り返していないか。

記事でも書いたゼネコンの社員の言葉を思い出して欲しい。

「日本では前代未聞の建築で、何が起きるか想定不能。災害時も心配だし、しっかりと修繕積立金を集めないと、資産価値も暴落する」から、自分は「住みたくない」ものを売る――。

にもかかわらず買いたい人がいるから、ゼネコンは先を競って都心部の交通至便の場所にタワマンを建て続ける。もし、それを「悪」と呼ぶなら、悪いのは、買う人たちということになるのか。

第十二章 コロナと「正義」

2020年4月7日、東京都、神奈川県、大阪府など7都府県に1カ月にわたる緊急事態宣言が発令され、16日には、全国に広がった。

宣言期間は、当初の1カ月では収まらずに延長され、5月14日に北海道・東京・埼玉・千葉・神奈川・大阪・京都・兵庫の8つの都道府県を除く、39県で解除された。翌週21日に、大阪・京都・兵庫の3府県が、続いて25日に東京・神奈川・埼玉・千葉・北海道の5都道県がようやく宣言解除となった。

今回の記事が掲載されたのは、5月16日。

宣言が発令されて1カ月以上が経過し、継続中だった東京でも、当初の緊張感が薄れ始めていた。

そもそも「自粛要請」などという中途半端なことしかできない緊急事態宣言に、いかほどの効果があるのか、疑問だった。

だが、蓋を開けてみると、日本人は自粛を徹底し、会社や学校へ通うことを止め、リモートワークの生活に耐えた。

時短要請を受けた飲食店は、命令に従う義務はなかったものの、大半は真面目に営業時間の短縮に努めていた。宣言の時短要請を受けていない業種でも、自主的に休業する店が多数あった。

「日本人は、どこまで真面目なのか！」と海外メディアがこぞって驚嘆したほどだ。

その一方で、自粛要請に従わない店や対象外だから営業を続けていた店を見つけ出して、民間人の有志が営業終了や休業を強いるようなケースが出てきた。

日本社会が、自粛を強いられるような事態になったのは、コロナ禍が最初ではない。

東日本大震災の時にも、被災地を慮って「自粛ムード」が広がり、テレビＣＭや繁華街の店が営業を「自粛せざるを得ない」状況に追い込まれたりした。

だが、本記事を執筆した頃、今までにないほどの威力を持った「自粛ムード」によって、日本社会は、目に見えない呪縛状態に陥ろうとしていた。

2020年5月16日朝刊掲載

「自粛しろ」、閉塞感で先鋭化する言動

東日本大震災後に、日本で広く蔓延《まんえん》したことがある。「正しさ」を振りかざす人がSNSを中心に増えた。そして、日常生活でも、自分が常に「正しい」側にいたいという願望も強くなった。

最大のきっかけは、「絶対安全！」と言われていた原子力発電所の事故ではないかと私は考えている。いわゆる安全神話の崩壊で、国民の多くは、何が正しいのかが分からなくなった。

やがて、権力者が国民をだまし続けた揚げ句に、原発事故を引き起こしたという考えを持つ人が増えた。

この場合の権力者とは政治家だけではない。メディア、インテリ、官僚、大手企業の経営者らが含まれる。

自分たちは「権力者に騙《だま》された被害者だ」という立ち位置がいつしか「我々は正しい」

という自己弁護を生み、やがて「その正しさを揺るがす者は許さない」という攻撃へ向かった。

そして、ヒステリックなまでに、他者を糾弾することの根源として「正しさ」を振りかざす発言が続いた。

このムードを拡散したのが、SNSだった。中でも140字で、意見を主張するTwitterは、匿名性が高いこともあって、過激な発言も目立ち、拡散力が強かった。

とはいえ国民生活にダイレクトに影響を及ぼすほどでもなく、言ってみれば「居酒屋の話題」的な存在だった。

ところが、新型コロナウイルスの感染が深刻化するにつれ、再び「正しさ」の押しつけが始まった。

フォロワー数の多い一人が「若者が自粛を無視して、飲み歩くから、重症者が出る自覚がないのが許せない」とつぶやく。専門家や有名人らの新型コロナウイルスについての見解が入り乱れ、「正しさ」争いが激化する。

発言は徐々に感情的になり、意に沿わない発言者を、つるし上げるようになった。

そして、緊急事態宣言が発せられると、実力行使で「正す」人々が現れた。飲食店が午後8時で閉店しているかどうかをチェックする自警団のような集団が、街を歩き回っているという。さらに電話で「時間を守れ」と威嚇する。

揚げ句が、「なぜ、閉店時刻を無視して営業しているのか。ルールが守れないなら、休業しろ」というような貼り紙での要請が始まった。

警察には、「取り締まれ」という電話が相次ぐ。だが、営業を続けている店、それがたとえ、各自治体から自粛を強く要請されているパチンコ店であっても、営業は違法ではない。

政府も自治体も、〝自粛〟を要請しているだけなのだから。にもかかわらず、言葉は、どんどん先鋭化し、脅迫まがいなものもあるという。

一方で、県外ナンバーの車に、いたずらや「即刻出ていけ」「コロナをまき散らすな！」という貼り紙がされる事態が、全国に広がっていく。

様々な理由で、東京から移動してきた人に対して、差別的なふるまいをする例も出てきた。医療従事者や家族への差別もあるという記事もあった。

かつて、福島の原発事故現場周辺の自治体から避難してきた子どもたちを、「受け入れるな、放射能がうつる」とヒステリックに叫ぶ大人がいたのと似た現象だ。

「あんな恥ずかしいことは二度としてはいけないね」と感じる人も多かったはずなのに、同じか、それ以上に過剰な行為が横行している。

休業要請があっても、飲食店の営業を続けるのは、「悪」なのだろうか。

大抵の店は、「もうけよう」などとは思っていない。実際、酒の提供は午後7時まで、同8時には閉店という東京都などで行っている自粛要請では、「商売は、あがったり」だ。それでもこの先も店を続けていきたいから必死で開けているのだ。

1995年、阪神・淡路大震災が起きた時、店が破壊されても、店の前で、ドラム缶に廃材を入れて火をおこし、温かい食を提供していた飲食店がたくさんあった。店主たちは、取材に来たメディアに「当たり前のことをしているだけや」と答えた。

私は自粛要請以降も、営業を続けている店に食事に出かけている。毎食ではないが、いつもおいしい食を提供してくれている人たちと一緒に、この災厄を乗り越えたいと思うからだ。

それぞれが自身の仕事や生き方に誇りを持って行動することは尊いし、それを応援するのは、当たり前だと思っている。

†††

自粛要請の対象とならなかった書店も、大型店を中心に自主的な休業が相次いでいる。

そんな中、「こんな時こそ本を読んで自宅での時間に潤いを感じて欲しい」と営業を続けていた大型店があった。

ところが、「どういう神経をしているのか」「即刻、休業しろ」という類いの電話が多数入った。そこが「3密」の場となり「クラスターが起きるだろ」と言われたらしい。書店は泣く泣く休業に追い込まれた。

自粛要請があっても、ルールを守りながらギリギリの中で営業を続ける人は「非国民」とでも言うのだろうか。

戦前の隣組の密告というのは、こんな雰囲気だったのだろうか、と思ってしまった。

なぜ、こんなに「正しさ」に縛られてしまうのだろうか。「悪い人」が見つかる方が、安心するからなのかも知れない。しかし、残念ながら、新型コロナウイルス感染に悪者はいない。

多くの国民が、一番おびえているのは、新型コロナウイルスが可視化できないからだろう。いわゆる、見えない恐怖だからこそ、不安が募る。それがストレスとなり、今回のように「自宅にこもれ!」「外食するな!」というような閉塞《へいそく》感を伴う自粛が続くと、感情のコントロールが難しくなる。

自分たちは、何一つ悪いことをしていないのに、軟禁されるのはなぜなのか――そう問うても、誰も答えてくれない。

せめてものよりどころは「つらいのは、あなただけじゃない。みんな同じじゃないか」

という認識。だが、それは同時に同調圧力となって、さらなるストレスを生む。だからこそ、それを「破っているように見える」存在が許せないのだろう。世界は激変したのに、変わらないのは罪である。そして、「正しさは我にあり」なのだろう。

「強粛」という病、立ち向かう時

だが、その「正義」の根拠はどこにあるのだろうか。国民全員が政府や自治体の要請を忖度《そんたく》し、順守することが「正しい」のか。そこまでしても感染したら「仕方ない」と諦めるのか。

果たして5月いっぱいの自粛で、元の生活を取り戻せるのかは分からない。そんな状況で、「正義」にしがみつき、ギリギリの我慢をして生きていけるだろうか。

それよりも、ウイルスに感染しないように配慮しつつ、散歩もするし、外食もしつつという緩い自粛生活を気長に続ける方が、「健全なる選択」になるのではないか。

大切なのは、無理な緊張よりも、リラックスだ。極論を言えば、この新型コロナウイルス騒動で、新しい何かを見つけてみようかと腹をくくることかも知れない。

善悪を探すのではなく、あるがままの無理をしない生活こそがこの事態で一番大切なことなのだ。

†††

私が敬愛するシンガー・ソングライター中島みゆきの「Nobody is Right」という歌がある。「正しさ」を押しつける怖さを歌った名曲だが、こんな一節がある。

〃その正しさは気分がいいか　正しさの勝利が気分いいんじゃないのか〃

自分が「正しい」側にいるのは、安心だろう。

5月14日に会見した安倍晋三首相は、国民に「コロナの時代の新たな日常を取り戻していく。今日はその本格的なスタートの日だ」と言った。

それは正解なのか。

いや、馬鹿馬鹿しい提案だろう。

なぜなら、今は異常事態で非日常のまっただ中なのに、これを「新たな日常」などと言うなんて。生きるために必死で働き、苦労している人たちに、「それが日常」だなんてあり得ない。

だが、首相は生活ルールの細部にまで言及した。それによってまた一つ、新しい「正しさ」が生まれてしまった気がする。

そもそも、「多様性」を求めていたはずの政府が、個人の生活スタイルに枠を設けるなど、民主国家のすることではない。

何より自粛とは、自らの判断で慎めばよいのであって、誰かに要請されるものではない。現状は、強制的に慎む、「強粛」というべきだろう。そんな矛盾した行動を、国民に連呼するような人の「正しさ」に負けてはいけない。

我々は今、新型コロナウイルスより恐ろしい「正義」という伝染病に立ち向かう勇気を持つべきなのだ。

執筆後記

連載中、この記事の反響が一番大きかった。

取材依頼やテレビの報道番組への出演依頼がきた。

親しい編集者やジャーナリストからの、「全く同感！」という声もあった。

そんな反響の中で、「勇気ある発言に、感動した」と言った人が複数いたことに驚いた。

勇気を振り絞って書いた原稿ではなかった。

以前からずっと抱いていた「正しさ」への疑問を、コロナ禍に即して訴えただけだ。

褒めてくれた人と話をしているうちに「勇気」の意味が、徐々に浮かび上がった。

かつて新聞記者をしていた時、市の行政に見過ごせない問題があり、市議会で質疑が行われたのに、傍聴席に市民が誰一人いなかったことがあった。

それをコラムで批判したら、デスクから叱責された。

「読者を糾弾するなんて、言語道断。天に唾する行為だ！」

読者、つまりは市民の行動に問題があったら、それも記事にするのが記者ではないのかと反論したが、全く相手にされなかった。

「Perspectives：視線」では、日本国民が「正しさにしがみついて、社会を窮屈にしている」と指摘した。それは、私が記者時代にデスクから問題にされた「天に唾する行為」だと考えるメディア関係者もいたようだ。

だから、私の発言は、「勇気ある」行為になるらしい。

そこにメディアが今抱えている弱点の一つがあるのかも知れない。

世論やSNSでの発言に見られるムードに対して、メディアは、大勢を読んだ上で日和《ひよ》る傾向がある。

だから、「自粛して当然。それが守れないのは日本人の恥だ!」という「正義」に異を唱えるのを躊躇《ため》らう——。

だが、偏った正義を振りかざす行為を黙認すれば、社会が誤った方向に向かうのは、太平洋戦争の苦い経験を思い出せば、自明のはずだ。

相手が総理大臣であろうが、一般国民であろうが、そこに問題があれば、記事にする。それが、ジャーナリズムの使命だ。

「正しさ」を暴走させてはいけない。

既にかなり弱体化してしまったが、ジャーナリズムの責務の一つは、権力の監視だ。

「危うい正しさの跋扈《ばっこ》」もまた、監視されるべき権力だという自覚が必要だ。

第十三章 温暖化対策の行く末

eting 2020
地熱発電だ。
地熱発電は、1キロから3キロの地
下にある「地熱貯留層」の熱水を利用
して発電を行う。この貯留層は火山帯
の周辺に多く存在しており、熱水はマ
グマによって熱せられて封じ込められ
ている地下水である。それを、井戸か
ら噴出させた蒸気で、タービンを回す
仕組みだ。
この発電の原料は、地下に眠る熱
で、使用後は、再び地中に戻す。
のコストはゼロであり、再生可能
ルギーでもある。
再生可能エネルギーと言えば
のトレンドは、風力発電や太陽
にあるように言われている。
だが、風力発電は風任せ
電は不可能だ。また、太陽
晴天の昼間しか発電でき
の再生可能エネルギー
足解消の一助にはなる
ド電源にはなり得な
発が、バックアップ
だ。
したがって火力
なら、それ以外
る発電が必須
そして、地

若い人が政治に関心を持ち、行動する姿を見ると、つい「頑張れ！」と思う。

だが、その若者がカリスマ的な存在に祭り上げられると、何とも言えない違和感が湧き上がってしまう。

様々な思惑を抱く大人たちが群がり、自分たちの都合の良いように利用するケースが多いからだ。

若者自身は、そんなことを気にせずに突っ走る。

スウェーデンの環境活動家グレタ・トゥンベリさんの活動を見ながら、そんな印象を抱いていた。

10代の若者が地球温暖化問題で声を上げ、世界中の若者を巻き込んで、先進国首脳に本気の対策を強く迫っている。

その行動は尊いし、世界の若者が連携して運動が連鎖するのも素晴らしいことだ。

だが、温暖化問題は、一筋縄ではいかない話だ。

グレタさんの話を聞いていると、やけに単純にしか聞こえない。

ガソリン車をやめ、火力発電所を止めれば、地球は救える——。

本当だろうか。

彼女の論が現実になれば、自分たちに大きな利益をもたらす、とほくそ笑んでいる大人たちはいないのだろうか。

そんな穿《うが》った眼で、温暖化問題を考えてみた。

2020年6月16日朝刊掲載

未来盗むな、グレタさんの糾弾ぐさり

人々が熱狂する話題は、往々にして熱しやすく冷めやすい。

スウェーデンの環境活動家グレタ・トゥンベリさん（17）による地球温暖化防止を目指した二酸化炭素（CO_2）排出量削減運動も、新型コロナウイルスの世界的蔓延《まんえん》の影響で、すっかり影を潜めてしまった。

もっともグレタさん自身のパワーはいささかも衰えていない。

新型コロナウイルスの影響を受けた子どもへの支援に奔走し、デンマークの団体から授与された賞金10万ドル（約1070万円）を国連児童基金（ユニセフ）に寄付するなど、さらなる活動の幅を広げている。

かといって、地球の温暖化問題が解決したわけではない。

新型コロナウイルス問題が決着すれば、再び我々はこの難問に立ち向かわなければならなくなる。

外出の自粛によって、物事をじっくり考える時間ができた人は少なくない。ならば、ポストコロナに直面する温暖化問題について考えてみてはどうだろうか。

8歳で地球の温暖化問題の存在を知り、いても立ってもいられなくなったグレタさんの運動は、従来と異なる大きなインパクトがあった。

それは、世界中の大人たち全てに向けて「あなたは私たちの未来を盗んでいる」と糾弾したからだ。

ロンドンの議会で彼女は「あなたは私たちにウソをついた。あなたは私たちに虚偽の希望を与えた。あなたは私たちに未来は待ち望むものだと言った」と非難した。その言葉に、大人として胸を衝《つ》かれる思いがした。

グレタさんの訴えは、SNSに乗って世界に広がり、同世代を中心に多数の若者が賛同した。彼女の主張は正論ではあるが、残念ながら、社会はそう簡単に変われない。

CO_2は、人間が快適な暮らしをする限り、減りようがないからだ。グレタさんが活動する前から日本やヨーロッパは、涙ぐましいまでに省エネ対策を講じ、CO_2の排出を削減すべく、やるべきことはしてきたのだ。

CO_2排出の元凶は、発電、自動車、工場操業だと言われている。これらから排出されるCO_2を徹底的に削減するならば、我々が現在の文明社会を捨てる以外ないだろう。

グレタさんに賛同する若者は多いだろうが、それと引き換えに便利と快適を捨てなければならないなら、逡巡《しゅんじゅん》してしまうのではないか。

つまり、グレタさんの勇ましい活動には、大きな弱点がある。それは、対案がないことだ。

例えば、CO_2の排出を抑えるためにガソリン車を止めて全て電気自動車に代え、飛行機も利用せず、可能な限り電車で移動する。

一見、対案のように思えるが、電気が頼りならば、大量の電力が必要になってくる。彼女が求めているCO_2削減なんて、到底無理だ。

政治家をはじめとする大人たちがグレタさんの活動に喝采を送りながらも全く危機感を感じていないのは、彼女の主張に現実味がないからだ。

CO_2排出の要因を止めた場合、代替の動力源をどうするのか──。

それを提案しない限り、グレタさんが期待する未来社会は到来しない。

†††

実は、対案はゼロではない。

例えば、原子力発電所を増やすことだ。

２０１１年の東京電力福島第一原子力発電所（以下イチエフ）の事故の影響もあり、世界的には原発利用を徐々に減らそうという流れになっている。

だが、グレタさんが訴えるように火力発電所を止めるのであれば、その代替として原発が最有力になる。原発は核分裂を利用して発電するので、CO_2が出ない。実際、イチエフ事故が起きる前、世界は「温暖化対策の切り札」として、原発推進に走っていたのは記憶に新しい。

火力発電所を閉鎖し、電気自動車、電気飛行機中心の社会を求めるなら、原発を大量に新設するしかない。

そして、国際原子力機関（ＩＡＥＡ）はグレタさんの活動が活発になるのにあわせて、原発再評価を進めようという動きを見せている。

グレタさんのフェイスブックを見ると、「個人的には反対」としつつも、条件付きで「解決策の一つにはなり得る」としていた。

このままでは結果として、世界で原発推進が進むのは避けられなくなる。

地熱発電という対案、足元に

では、本当に原発以外の代替案はないのだろうか。少なくとも日本においては、実現可能な代案がある。

地熱発電だ。

地熱発電は、1000メートルから3000メートルの地下にある「地熱貯留層」の熱水を利用して発電を行う。この貯留層は火山帯の周辺に多く存在しており、熱水はマグマによって熱せられて封じ込められている地下水である。それを、井戸から噴出させた蒸気で、タービンを回す仕組みだ。

この発電の原料は、地下に眠る熱水で、使用後は、再び地中に戻す。資源のコストはゼロであり、再生可能エネルギーでもある。

再生可能エネルギーと言えば、世界のトレンドは、風力発電や太陽光発電にあるように言われている。

だが、風力発電は風任せで、常時発電は不可能だ。また、太陽光発電も、晴天の昼間しか発電できない。これらの再生可能エネルギー発電は、電力不足解消の一助にはなるが、ベースロード電源にはなり得ない。火力発電や原発が、バックアップしているのが現実だ。したがって火力発電や原発を減らすなら、それ以外のベースロード電源たる発電が必須となるのだ。

そして、地熱発電なら通年の発電が可能で、原発同様にベースロード電源の役割を果たせるのだ。

火山大国である日本では古くから開発が進み、全国に大小含めて約40基の地熱発電所がある。だが、発電出力は総計で小型の原発1基分程度の約52万キロワット。日本の電力需要の0・3%を担っているに過ぎない。

もっとも地熱資源量で見ると、2017年の資源エネルギー庁のデータでは、日本は世界第3位の約2347万キロワット。これは原発23基分に換算できる。つまり、日本には原子力ではない代替エネルギーが足元に眠っているのだ。

ただし、開発に時間と費用がかかることや、有力な場所が国立公園内にあったり、出力が最大でも11万キロワット(大分県八丁原《はっちょうばる》発電所)と小規模だったりしたため、見過ごされてきた。

ところが、イチエフの原発事故で、にわかに脚光を浴び、事故直後には、全国で新規開発の手が挙がった。にもかかわらず、様々な理由から震災以降なかなか新たな地熱発電所のオープンに至らなかった。

†††

そんな中、19年5月、1万キロワット以上の新規地熱発電所としては実に23年ぶりとなる、秋田県湯沢市の山葵沢《わさびざわ》地熱発電所の営業運転が始まった。発電出力は約4万6000キロワットで、開始から1年が経過しており、順調に発電を続けている。

また、山葵沢地熱発電所を共同開発した電源開発、三菱マテリアル、三菱ガス化学は、現在、岩手県八幡平市で安比《あっぴ》地熱発電所の建設を進めている。出力1万4900キロワットの規模になる予定で、24年4月の運転開始を目指している。三菱マテリアルの広報担当者は「建設は予定通り順調に進んでいる。新規の地熱発電所についても開発を続ける方針」だという。

甚大な事故というリスクを抱える原発を減らすためにも、そして、グレタさんら若い世代の悲痛な叫びに応えるためにも地熱発電の頑張りを応援したい。

火力発電所と原子力発電所は、1基当たりで100万キロワット以上の出力が可能であり、スケールメリットが魅力だった。

しかし、大人としての責任を取る覚悟があるのであれば、優先すべきは、経済的合理性ではない。

また、これまでのように首都圏に供給する電力を青森や新潟、福島などの遠隔地から送電するシステムそのものが、いずれ問題になってくるだろう。

電力の地産地消的な発想を新常識として考えるべき時が来ているのだ。つまり地域で必要な分だけを様々な発電方法で供給するという新しい電力の「ベストミックス」を生み出す発想だ。

もっとも首都圏や大型工場が集まる地域では膨大な電力が必要となるため従来の電力供給システムも利用しつつ、新しい可能性を探る必要はある。

地熱発電所は、どこでも建設できるわけではなく、その国の風土によるところが大きい。そして、日本がいち早く地熱発電開発へシフトすれば、他の先進国が果たせなかった電力の新しい常識を構築できるのではないか。

温暖化の問題は、日本人全ての問題だと捉え、世界で頑張るグレタさんに大人の責任を見せたいところだ。

執筆後記

2006年から、私は一貫して地熱発電推進派だ。その年に地熱発電をテーマにした小説『マグマ』(角川文庫)を発表したからだ。

同作品は、国際政治の圧力を受けて原発が稼働できなくなる事態となり、代替エネルギーとして、にわかに地熱発電所が注目され、新規開発が始まるという物語だ。

もちろん、簡単に動き出すわけではない。地熱発電所開発が現実にも抱えているいくつかのリスクや障害を克服し、けっして採用に前向きではない電力会社を説得するなど苦難の道が続く。

発表当初、エネルギー問題に関心の高いごく限られた人以外からは、見向きもされなかった。

ところが、11年に風向きが突然変わる。

イチエフの事故が原因だ。

イチエフ以外の原発も、事故を踏まえて策定する新しい安全基準が定まるまで、稼働を停止するという決定が下った。

元々、原発事故前の日本の電力は供給過剰で、火力発電所が多数休眠している状況だったため、原発が止まっても、何とか需要をカバーできた。

しかし、久しぶりにフル稼働した火力発電所の多くは、老朽化が進んでおり、新しい発電所の建設が必要だった。

　工期や発電供給力を考えると火力発電所が最適だが、地球温暖化対策で、世界は脱火力発電に進みつつあった。

　そんな中で、にわかに再評価されたのが、地熱発電だった。

　日本中の、良質な地熱源があると見られる場所での建設計画が動き出した。

　候補地は、10カ所近くあった。

　中でも、福島県の会津《あいづ》磐梯《ばんだい》山で計画された地熱発電所は、推定では27万キロワットという従来の2倍以上の発電量が見込まれた。

　しかし、地元温泉組合などの反対に遭い、「まずは、3万キロワットで」と井戸を掘り始めたのだが、発電が可能な量の熱水溜まりを見つけられずに、頓挫した。

　既に、事故から10年が経ち、新しい安全基準をクリアした原発が、少しずつ再稼働している。

　とはいえ、地元住民から稼働差し止め訴訟が起こされるなど、原発が順調に稼働モードになっているわけではない。

　だからこそ、23年ぶりという大型地熱発電所、山葵沢地熱発電所の新設は、朗報だった。

原発に比べれば発電規模は小さいが、それでも、地熱発電は日本の電力供給に貢献できる。

グレタさんが唱える火力発電所の撤廃のためにも、原発を利用しない新しい電力ベストミックスを創造するためにも、さらなる地熱発電所の開所を、心から願ってやまない。

しかし、「日本で開催するのに、誰も観戦も応援もできず、テレビの前で見るなら、東京開催は無意味」という声が上がってきそうだ。
その上、今月17日のIOC総会で、バッハ会長は観客数の制限について「二つのシナリオとして検討」と述べる一方で、「我々は熱狂的なファンに埋め尽くされた会場を目指している」と意気込んでいる。
五輪の名物でもある開会式と閉会式は短くするという案もあるという。それについては、森会長が、テレビ放映の関係で予定通りとIOCから求められているという認識を示した。バッハ会長にしても、森会長にしても、まだ通常通りの五輪開催を行えると思っているようにしか、私には見えない。

第十四章
延期の五輪

2020年3月24日、安倍晋三総理（当時）は、4カ月後に迫った東京オリンピック・パラリンピックの開催を、1年程度延期すると発表した。

コロナ禍が、1年後にどうなっているのか、全く予測が立たない状況での、延期決定だった。

本来であれば、東京五輪の熱狂の真っ只中にあったはずのこの時期、延期の意味を考える上で、何より問題に思えたのは、五輪開催が、安倍総理と小池百合子都知事の、政治的な駆け引きの道具にされているかに見えた点だ。

これまでも五輪は、政治利用しないという建前があるにもかかわらず、常に政治や経済としっかりとリンクして開催されてきた。

だが、首相と知事が、ここまで露骨に自らの沽券《こけん》を賭けてバトルを展開するのは、恥ずかしいとしか言いようがなかった。

その結果、国民の五輪熱はどんどん冷めていく。既に、この段階で、延期どころか「もうやらないでしょ」と感じていた人は多かったはずだ。

ここに国際オリンピック委員会（ＩＯＣ）のバッハ会長、さらには五輪組織委員会の森喜朗会長（当時）の思惑まで入り乱れ、みっともない茶番が延々と続いた。

こうも情けない状況に陥ると、改めて「なぜ、東京五輪を開催するのか」を、問わずにはいられなかった。

2020年7月22日朝刊掲載

「絶対開催」言われても、無関心の波

人々の会話から、五輪の話題が消えた気がする。あえて話を向けると、「もうやらないでしょう」という反応ばかりが返ってくる。

先行きが見えないコロナ禍や、政局、洪水災害等々……。日本を取り巻く環境が日々、過酷な様相を呈する中では、致し方ないかも知れない。

もはや静かに「五輪無関心」の波紋が広がっているというのが、実感だ。

それでも、東京五輪は開催する、と強く望んでいるのは、誰だろう。

開催都市代表の小池百合子知事は再選されてから、五輪に向けてギアを上げた。自らの〝熱い〟演説で五輪招致を決めたと自負し、1年延期を実現させた安倍晋三首相も鼻息は荒い。

さらに、五輪開催こそが存在意義である国際オリンピック委員会（IOC）のバッハ会長が予定通りの規模での東京開催を望んでいるのは、日々の発言からもうかがえる。東京オリンピック・パラリンピック組織委員会の森喜朗会長も、同様のようだ。

では、参加する選手はどう考えているのだろうか。組織委の理事も務める日本サッカー協会の田嶋幸三会長は、「五輪は、ぜひ開催して欲しい。選手は大会を目指して切磋琢磨《せっさたくま》してきたわけだし、その思いに報いたい」。

サッカーの場合、世界が熱狂するFIFAワールドカップもある。たとえ五輪が中止になっても世界で戦う機会がゼロになるわけではない。

「ワールドカップと五輪は別。例えば、前回のリオ五輪の時、普段は五輪を重視していなかったブラジルチームが金メダル奪取に燃えた。そして見事それを手にしたことで、リオ五輪は成功だったと考えているブラジル人が多い」

日本でも、1968年メキシコ五輪で釜本邦茂を擁した日本チームは、銅メダルを獲得。それが、日本でのサッカー振興にも繋《つな》がった。

また、経済効果への期待も根強い。

2017年に東京都が試算した経済効果は32兆円超（但し、大会招致が決まった13年から大会10年後の30年までの18年間の総額）。

一方で、20年3月に関西大学の宮本勝浩名誉教授が「延期の場合、約6408億円、中止は約4兆5151億円の経済的損失が推測される」という試算を発表した。

だから、五輪は開催しなければならないのだ！　となるのだろうか。

それに、延期する場合は、さらに予算が必要になる。報道などでは最低でも3000億円から5000億円が必要と言われているが、試算はあくまでも試算だ。大抵は様々なマイナス要因が加わり、損失額や負担額は大きくなる。コロナ対策だけでも国家予算規模の額を拠出し、この先いくら必要なのかも不明な時に五輪のために、莫大《ばくだい》な負担をするというのか。

†　†　†

五輪に関していえば私自身は、当事者ではないし、無責任な立場である。その視点で五輪開催について考えてみたい。まず、コロナ禍が終息し、従来通り、人もモノも自由に移動できる世界になって初めて、五輪開催が可能になるのではないか。

では、それはいつか。

残念ながら、神のみぞ知るだ。

日本で感染者が増えており、先行きはさらに混沌《こんとん》としてきた。おそらく、ワクチンなり治療薬なりが完成し、多くの人に行き渡らない限り、安全宣言はなされないだろう。

新聞報道などによると、東京五輪の準備を監督するＩＯＣのジョン・コーツ調整委員長は、開催可否を判断するのに10月が重要なタイミングになると発言した。ところが、それで可否が決まるわけではないらしい。

組織委の森会長は自民党内の勉強会で「判断は2021年4月になってから」との見方を示している。とにかく開催したい人はいつまでも判断を遅らせるに違いないということが、推測できる。

また、「簡素化して開催」という声が上がっている。簡素化は定義されていないが、いくつか考えられる。

一つは、無観客での開催だ。

出場選手だけが隔離と健康チェックを徹底した上で、競技してもらおうという考えだ。この場合、チケット代は払い戻される。その額は、約900億円に上る。

それでも、開催することは「アスリート・ファースト」としては、「やらないより、まし」なのかも知れない。

バブル教訓、撤退するなら今

しかし、「日本で開催するのに、誰も観戦も応援もできず、テレビの前で見るなら、東京開催は無意味」という声が上がってきそうだ。

その上、2020年7月17日のIOC総会で、バッハ会長は観客数の制限について「一つのシナリオとして検討」と述べる一方で、「我々は熱狂的なファンに埋め尽くされた会場を目指している」と意気込んでいる。

五輪の名物でもある開会式と閉会式は短くするという案もあるという。しかし、それについては、森会長が、テレビ放映の関係で予定通り行うことをIOCから求められているという認識を示した。バッハ会長にしても、森会長にしても、まだ通常通りの五輪開催を行えると思っているようにしか、私には見えない。

組織委は17日、種目の変更はないと発表したが、展開次第では種目を絞り込む可能性が出てくるかもしれない。私見だが近接して競技を行う柔道、レスリング、ボクシングなどは難しいのではないか。実現可能な種目の絞り込みをどのように定めるのかを、考えるだけで頭が痛い。

簡素化しても、コロナ禍で多くの感染者を出した国から選手を招くのを、日本人は歓迎するだろうか。

コロナ禍が深刻な国は、欧米露などスポーツ大国が並ぶ。また、コロナが最初に出現した中国はどうだろう。

コロナ禍が軽い国の代表だけで五輪を行うという選択肢はある。その時は、日本は、史上最多の金メダルを獲得できるかも知れない。

逆の発想も、考慮の必要がある。

今後、日本で新型コロナウイルスの死者が急増した場合、開催までに被害は抑え込めたとしても、参加国は国家の宝である選手を日本に送り込むだろうか。

今春、世界のトップアスリートたちが「このような状況下で、競技に集中するのは難しい」という理由で、今夏の開催に反対した。そのような事態が、再び起きないという保証もない。そもそも世界中のアスリートが集まってこその五輪だろう。

森会長が開会式を予定通り行うと発言した背景には、テレビの放映権にまつわる理由がある。テレビ放映権料はＩＯＣ予算の７割超を占めると言われており、その半分以上（一説では、７割以上）を米国のＮＢＣテレビが払っている。同社は、東京五輪までの夏冬４大会の放映権を43億８０００万ドル（約４６９０億円）で取得、さらに14年に、22年から32年までの冬季・夏季計６大会の権利を総額76億５０００万ドル（約８１９０億円）で取得している。

そのため、五輪の開催期間も、各種目の実施時刻も、ＮＢＣの意向が色濃く反映している。だとすると、米国が不参加になれば、五輪は、中止の可能性が高くはならないのだろうか。

†††

考えを巡らせると、「そこまでして、五輪開催にこだわる意味があるのだろうか」という疑問に、自然に行き着く。

それが、世間に広がる五輪への無関心の大きな要因になっている。

五輪を断念するなら、今、決断すべきだと私は思う。

「まだ、大丈夫」という状況で「撤退」を決断したら、「英断」と呼ばれる。

大抵の場合、「まだ」というような言い回しをした時は、既に相当追い詰められているからだ。もしかすると、日本人は、撤退を判断するのが苦手なのではないだろうか。撤退の判断を誤ったと聞いて思い出すのはバブルの時代だ。バブル経済崩壊があれほどまでに甚大だったのは、政府が「損切り」の判断を先延ばししたからだ。

いち早く公的資金を入れていれば、その時の何倍もの血税を投入して国家の破産を食い止めなくても済んだ。だが、その前に発生した住宅金融専門会社（住専）の破綻《はたん》問題で、安易に公的資金を注入したと、政府が非難された苦い経験があったため、怖じ気づいてタイミングを逸したと、首相や蔵相を務めた宮沢喜一が後に日経新聞に証言している。そして、日本は破滅の淵に追いやられ、いまだ、日本経済は完全復活に至っていない。

バブルと五輪開催を一緒にするなという批判はあろう。私も、同じだとは思っていない。しかし、あの時の教訓を生かしたいのだ。すなわち現状では、プラスの要素は皆無で、むしろ悪い環境になだれ落ちる可能性ばかりが増していくのだから、今すぐ「英断」を下す——。

失敗から学習しないのが人間だと、最近思うようになった。それでも、深刻なコロナ禍が続いているのだからこそ、五輪については一刻も早い判断を求めたい。

執筆後記

改めて、この記事を読み直して、愕然《がくぜん》とした。

2020年3月に安倍総理が、五輪の延期を宣言した時と比べて、現在（21年5月）の方が感染拡大しているのは明らかだ。

まもなく、聖火ランナーが日本国内を走り終えようとしている。深刻な状況となっている大阪府などでは、聖火リレーを見送ると五輪組織委員会に通告している。

こんな悲惨な状況なのに、なぜ、菅総理は五輪の中止を宣言しないのか。

総理は、21年1月18日の施政方針演説で、「夏の東京オリンピック・パラリンピックは、人類が新型コロナウイルスに打ち勝った証として、また、東日本大震災からの復興を世界に発信する機会としたいと思います。

感染対策を万全なものとし、世界中に希望と勇気をお届けできる大会を実現するとの決意の下、準備を進めてまいります」と述べた。

4月には首相就任後初めての日米首脳会談のために渡米して、バイデン大統領に「五輪開催を確約した」という。また、6月に英国コンウォールで開催されたG7では、各首脳から支援を約束されたという。

このままずるずる決断を先送りにし、五輪開催は確実となった。

では、コロナウイルス対策は万全なのだろうか。

「選手は、選手村に封じ込めて感染防止を図る」と組織委員会幹部は言う。裏を返せば、もし選手村で感染者が出た瞬間、誰も出場できなくなる可能性が出てくる。治療薬がない以上、「ゼロリスク」が存在しないのに、なぜ、そんな無茶をするのか。

3月に五輪の可否を討論する報道番組に出演した時に、組織委員会の幹部や安全対策を担当する医師に尋ねたところ、治療薬がない以上、「ゼロリスクはありえない」と返された。

なのに、五輪を開催するという。

選手個人に苦悩の決断を強いたり、世界各国から無責任だと非難されても開催するだけの価値が、どこにあるのか。

そして、7月23日、東京オリンピックは幕を開けた。

本書が刊行される時には閉会しているはずだが、このドタバタは、日本政府のふがいなさを象徴する「事件」として、歴史に刻まれるのは、間違いない。

第十五章 安全保障としての公衆衛生

自分が、公衆衛生について誤解しているのだと気づいたのは、医療過誤をテーマにした小説『レインメーカー』（幻冬舎）の取材を始めた時だった。

高熱を出して急患でやってきた幼児が亡くなり、処置に問題があったと遺族が病院と医師を訴える設定を考えており、その事例取材のために、帝京大学大学院の高橋謙造教授を訪ねた。小児科の医療過誤について取材にお邪魔したはずが、高橋教授は、公衆衛生学が専門だった。

公衆衛生という言葉から、地域を清潔に保つなど衛生問題の専門家だと思い込んでいた私が愚かなのだが、公衆衛生の最重要ミッションは、「防疫」だという。

「大学での医局は小児科でしたし、現在も小児科のクリニックで診療しています。ただ、子どもの病気を考える上で、公衆衛生学的見地は欠かせません」

小児科と公衆衛生学が密接なのは、乳幼児の予防接種には公衆衛生学的見地が重要だからだ、と教わった。

「防疫」の重要さは、新型コロナウイルスの感染拡大によって、改めて認識された。すなわち、公衆衛生とは国民の命を守る安全保障の一つなのだ。

にもかかわらず、我が国では公衆衛生への理解が乏しく、安全保障だと考えている人も少ないのではないか。

高橋教授に尋ねたところ、「まさしくその通りです。それが、今回のコロナ禍で、政府も医療分野も混乱を来している一因になっています。あまりにも備えがなさ過ぎた」という答えが返ってきた。

また、コロナ禍が深刻化する中、ある映画がSNSで話題になっていた。スティーヴン・ソダーバーグが監督したアメリカ映画『コンテイジョン』だ。

彼の作品は何作も観ているのだが、どうも相性が悪かった印象があり、同作品の存在は知っていたが、スルーしていた。

だが、ネット上では「まるで、コロナ禍を予言した映画!」という賛辞が多数あった。

ならば、観ないわけにはいかない。

早速、DVDを鑑賞して、いろんな意味で打ちのめされた。

それが、この記事となった。

2020年8月22日朝刊掲載

感染症対策は安全保障、無自覚な日本

新型コロナウイルスの蔓延《まんえん》が深刻化する中で、話題となった映画作品がある。

『コンテイジョン』

『セックスと嘘《うそ》とビデオテープ』や『オーシャンズ11』などのヒットで知られる映画監督スティーブン・ソダーバーグが2011年9月に発表した作品だ。

コンテイジョンとは、「接触感染」を意味する。

マカオのカジノで米系企業の社員と接触した人々が、次々とけいれんを起こし急死。彼らから未知の感染症ウイルスが発見され、世界が深刻なパンデミックに陥るという物語だ。そして、感染拡大の恐怖だけではなく、政治や社会、メディアの動きに至るまで20年に世界を震撼《しんかん》させた事態そっくりの現象が、次々と起きる。もはや予言どころのレベルではない迫真のリアリティーで、見る者を震え上がらせる。

SNS上で話題となっていたので私もさっそく見て、愕然《がくぜん》とした。エンターテインメント作品ですら、未知のウイルス感染で世界はパニックになると警告していたのに、コロナでは誰もが全くの無防備で、右往左往するばかりだった。

このところ、コロナ禍の混乱について様々な書物が刊行されている。ある社会学者が20年7月に発表した書籍で、同作品を紹介し、「非現実的」と述べていたのを読んでさらにショックを受けた。あの映画を見て社会学者ですら「非現実」だと思うのか、と。

映画が製作される前から、「治療薬もワクチンもない未知のウイルスによる感染爆発が近い将来必ず起きる」という警鐘が、専門家から何度も鳴らされていた。

従来は鳥にしか感染しない高病原性鳥インフルエンザウイルス（H５N１型）が、人間に感染する可能性が高まっていたためだ。

そして06年、インドネシアでH５N１型が人から人に感染する事態が起き、死者が出る。それを受けてNHKは08年1月に危機を喚起するNHKスペシャルを2夜連続で放送した。

だが、日本政府は万全の態勢で新型インフルエンザ対策を行っていなかったことが、09年に暴露される。

同年４月、北米を中心に新型インフルエンザが発生。半年で、約40万人が感染、約４０００人が死亡した。

このインフルエンザは警戒されていた鳥インフルエンザではなく、豚インフルエンザウイルス（H1N1型）で低病原性だったにもかかわらず、世界はパニックになった。日本でも、09年5月にカナダから帰国した高校生の感染が確認され、最終的に約2000万人が感染、200人余が亡くなった。

完全な治療薬もワクチンもなかったことから、政府は対応に追われたが、当初予想されていた感染爆発には至らなかった。そのため大騒ぎしたことが批判されたが、それが未知のウイルス発生に対する警鐘の軽視へと繋《つな》がったのだろうか。

†　†　†

そうした時代背景の中で映画『コンテイジョン』が製作されたことを考えると、そこで描かれた世界は「必ず起きる現実」だったはずだ。

なぜ、こんな愚行が続いたのか。

それは、国民の命の安全を守る公衆衛生を安全保障として考えてこなかったからではないだろうか。

広辞苑によると、公衆衛生とは「国民の健康を保持・増進させるため、公私の保健機関や地域・職域組織によって営まれる組織的な衛生活動」とある。端的に言うと、公衆衛生の最大の目的は社会の健康維持だ。

つまり、医療の目的が一人ひとりの患者を治すのとは異なり、公衆衛生は、集団が健康であるための予防なのだ。その主役は医師ではない。厚生労働省を頂点とする行政機関が担う。

「衛生」という言葉が用いられているせいだと思うが、多くの人は、「清潔を保つこと」というイメージが強いかも知れない。しかし、実際は「母子保健、伝染病予防、生活習慣病対策、精神衛生、食品衛生、住居衛生、上下水道、屎尿塵芥《しにょうじんかい》処理、公害対策、労働衛生」と多岐にわたる。

そしてこれらの項目を見れば、公衆衛生は、紛れもない国家における安全保障の一つなのは自明だろう。

そもそも安全保障について無関心な人が多いように思う。せいぜいが軍事的な安全保障を気にする程度だ。食糧、水、エネルギーなどが不足すれば、たちまち国民生活が危機に陥る。そのような事態を防ぐのが安全保障で国家が存在するための要諦《ようてい》なのだ。

この自覚があれば、公衆衛生も、重要な安全保障だと分かるはずだ。治療薬もワクチンもない新興ウイルスの感染対策は対応を誤れば、即、国民の命を危機に追い詰めてしまうからだ。

専門性高い官僚を。記録残せ

厚労省で医系技官の経験もある、帝京大学大学院公衆衛生学研究科教授の高橋謙造氏は、「いつ起きるか分からない危機について、役所の対応は及び腰です」と話す。「予防はして当然という前提が政府にある。本来、そのためにグローバルに情報収集を行い、危機の芽があれば適切に対処するべきだが、可視化できていないので、やるだけ無駄だと思っている」

例えば、2020年1月24日、新型コロナウイルスは無症状でも感染すると、香港の研究者が発表している。だが、日本政府の反応は鈍かった。

「新型コロナウイルス対策は無策だったと思う。医学誌の情報も顧みず、過去の教訓も生かされていない」

この段階で、日本政府は中国からの渡航を全て禁止する処置を断行すべきだった。だが、震源地と言われる武漢市がある湖北省からの外国人客の渡航を拒否したのは、1月31日だった。高橋氏も「公衆衛生は安全保障」という考えに賛同するが「そのような考え方は厚労省内では多くない」と嘆く。

厚労省には医師免許を有する医系技官がいる。しかし、省内では「専門家より、ゼネラリストたれ」という文化があり、彼らが有する専門知識が予防に生かし切れていなかったという声がある。

この矛盾にこそ、厚労省を含めた、〝霞が関〟の自己矛盾がある。

官僚は、国政を支える専門家集団として、各分野で専門的な知識を有するべきだ。だが、現実はキャリア官僚は2年程度で、あちこちに異動して、専門知識を育む暇もない。

これが結果的には、「ゼネラリストではなく、全ての知識が浅い」高級官僚を生んでしまった。その好例が、11年の原発事故における資源・エネルギー庁の対応だった。甚大な原発事故に対して、専門性を有した高級官僚が皆無で、被害を拡大させたのだ。

その姿勢は、新型コロナウイルス対策のために集められた専門家会議でも垣間見られる。専門家を集めてセンシティブなことを発言させるが、官邸はそれを都合良くつまみ食いするだけ。そして、安倍晋三首相は責任を取るつもりがなさそうだ。こんなことでは国民の健康を守るという安全保障が維持できるはずもない。

おそらく官邸は今なお新型コロナウイルスは禍《わざわい》で、その割には自分たちはよく頑張っているし、他の先進国ほど死亡者は多くないし、むしろ成功したと思っているのではないか。

公衆衛生とは、医療界と政府、さらには社会を巻き込んだ、バイオポリティクスと呼ばれる高度に政治的なものだと、私は考えている。医学的な知見ではなく、憲法に定められた自由や基本的人権を制限する政治的決断を迫られることもある。決定的な治療法もない中で国民の不安を解消する一方、経済活動を維持するというアクロバティックな手腕が問われるのだ。

†††

だからこそ、厚労省には高い専門知識を有した官僚が必要なのだ。そして政権には、情報リテラシーと総合判断が求められる。だが、安倍政権が選んだのは、バイオポリティクス的には「何もしない」という敵前逃亡だったと思えてならない。

「過去の感染症のパンデミックでも、日本では甚大な被害がなかった。我々は『神風』に守られているなどという幻想があるが、単に幸運だっただけだ。今回の禍の中で政府や医療関係者がどのような手立てを打ち、結果はどうだったのかを克明に記録するべきだ」という高橋氏の指摘には、私も全く同感だ。

そして、メディアの使命が「権力の監視」であるとするならば、広い視野で、コロナ禍で起きている出来事を正確に記録すべきだ。政府批判だけでは国民の命は守れない。

なぜ、その政策が不発だったのか、法律にどんな不備があったのかなどの検証もいる。

一方、効果的だった施策や社会の動きも漏れなく記録する。試されているのは、ニッポン社会すべてだ、という自覚を持とう。さもなければ、近い将来、より甚大な感染症が発生した時、座して死を待つ国民になっているかも知れない。

執筆後記

この記事が出た時、ある厚労省担当記者から、「厚労省は、本当に一生懸命やっているのに酷《ひど》い記事だ。彼らはちゃんと、世界中の論文だって読んでいる」とお叱りを受けた。

私は、あまりの情けなさに愕然とした。自分自身ではなく、その記者に対してだ。コロナ禍において厚労省が、その対策に一生懸命奮闘するのは当然だ。国民の命を預かる省庁として、まさに死に物狂いだったろう。そこは、否定しない。

だが、その奮闘で成果を上げなければ、何の意味もない。

もし、厚労省の担当者が本当に世界中の文献を読み、新型コロナウイルスが中国で問題視された時からフォローし続け、それを政策に反映させてきたというのであれば、なぜ、成果が上がらないのか。

記者であれば、奮闘が成果に繋がらない理由を取材すべきだ。なのに、「事情も知らない小説家が、勝手なことを言っている」と批判するとは、あまりにも残念だ。

コロナ禍で、その存在意義が試されているのは、政権や医療行政だけではない。メディアも、そして日本人全てが、自らのあり方を、生き方を問われている。

その奮闘と葛藤を、失敗も成功も含めて写し取るのが、ジャーナリズムのはずだ。新聞やテレビの報道は、「オールド・メディア」や「マスゴミ」と揶揄《やゆ》されている。

だが、報道の本質に「オールド」も「ニュー」もない。何が起きているのかを多角的に捉えて取材し、可能な限りありのままを伝える――。

その姿勢を忘れてはならない。

高橋氏は「医療行政、医療従事者のありのままを記録し、コロナ禍で、自分たちは何をなし、何ができなかったのかを伝えるのも、我々の使命」だと、強い口調で言った。

そして一日も欠かさず、コロナ禍の医療の出来事や国内外の論文を、自身の学生や仲間に伝え続けている。

批判する前に、行動を！

この精神を忘れてはならない。

第十六章 若者と政治

関心であることに注目するようになったのか。

「子どもを持ったことで、親としての責任感が生まれ、同時に危機感を感じました。そして、それまでは、自己責任論や競争社会を好ましく思っていましたが、それは違うと。強かろうが弱かろうが、幸せに生きられる社会が良いのだと確信し、そのために貢献したいと考えるようになったのです」

西田がユニークなのは、政権や権力[illegible]

[illegible]

[illegible]た必要だし、行動が必要だ」西田はそれをきっちりと詰めていく。

「内閣府が『社会意識に関する世論調査』を毎年行っています。その中に『国の政策への民意の反映程度』という問いがありますが、『反映されていない』という回答が圧倒的に多い」

その一方で、「社会全体の満足度」という問いには、2013年を境に、「満足している」が、「満足していない」よりも高くなっている。

「いろんな解釈はあるでしょうが、我々の社会は、そういう社会なんだといるとみてもいいと思っています」

西田は、政治の関心を持つ第一歩として「損得勘定が重要」だと言う。それが、当事者意識を生むからだ。

だが、実際には「損得勘定」を掲げて政治を語る若者は少ない。それは、今の若者、もしかすると日本人全体が政府の有り様を「そんなもんだろう」と認めてしまっているからかも知れない。

「戦争が起きているわけでも、平均的な国民まで貧困で苦しんでいるわけでもない。もっと大変な外国があるわけで、それを見ていると、いまの日本で満足しているのではないでしょうか」

閉塞感《へいそく》があり、先が見えない不安があるとメディアは騒ぐ。私も、そういう不安や危機感をあおっている。かく言う西田も、未来への危機感があるからこそ、政治に関心を持てと訴えている。

それは過剰な反応であまりにも悲観的だと言われるだろうか。

私はそうは思わない。

なぜなら、「この程度でいいのでは」という日本社会が、未来永劫《えいごう》続くわけではないからだ。

西田亮介さんとの出会いは、「Perspectives：視線」の記事がきっかけだった。連載第16回目で公衆衛生について書いた際、以下のようなくだりがあった。

〝このところ、コロナ禍の混乱について様々な書物が刊行されている。ある社会学者が2020年7月に発表した書籍で、同作品を紹介し、「非現実的」と述べていたのを読んでさらにショックを受けた。あの映画を見て社会学者ですら「非現実」だと思うのか、と〟

この「ある社会学者」が、西田さんだったのだ。元々、彼の取り組みや論考が気になっていたので、『コロナ危機の社会学　感染したのはウイルスか、不安か』（朝日新聞出版）を上梓《じょうし》したと知り、早速、購入して読んだところ、映画『コンテイジョン』について書かれていた。

記事が出た日、西田さんがTwitterで、〝真山仁氏にディスられた。そういう意味じゃないのに〟とつぶやいたのを、偶然見つけた。

彼と面識はなかったが、Twitterでフォローし合っていたので、早速メッセージを送った。私が期待している気鋭の社会学者ですら、エンターテインメントでの警告は「非現実」だと思われているのが、小説家として残念だった。あなたを批判したわけではない、と。

西田さんの存在は、以前からメディアを通じて知っていたが、特に興味を持ったのが、記事でも書いた新書版『民主主義』（幻冬舎新書）だ。

その頃執筆していた小説のため、どうすれば、日本の若者に民主主義の本質を伝えられるだろうかと考えていた折、手に取った。

同書は、１９４８年に文部省が発行した、中高生に民主主義とは何かを伝えるための教科書を、抜粋して読みやすくしたものだ。大人ですら見落としている、民主主義の真理と危うさが記されていた。

これを見つけてきて、今の社会に伝えようとする姿勢が素晴らしい、いつか会って話をしてみたいと思っていた。

そこで「若者がなぜ政治に関心を持たないのか」をテーマに考えていた「Perspectives：視線」での取材を依頼し、実現したのだ。

2020年10月24日朝刊掲載

共通体験なき現代、蔓延する無関心

〃今の世の中には、民主主義という言葉がはんらんしている。民主主義ということばならば、だれもが知っている。しかし、民主主義のほんとうの意味を知っている人がどれだけあるだろうか。その点になると、はなはだ心もとないと言わなければならない〃

この一文は、1948（昭和23）年から53（同28）年まで、中学・高校の社会科の教科書として用いられていた『民主主義』（文部省著）を、読みやすくまとめて復刻した新書（2016年刊行）の序章にある。

この新書を初めて読んだ時、これほど民主主義の本質と重要性を分かりやすくまとめた書はないと感心した。

若い世代には、「民主主義は素晴らしいもので、そこに理想がある」と信じている人が少なくない。

だが、英国の元首相ウィンストン・チャーチルが「民主主義は最悪の政治といえる。これまで試みられてきた、民主主義以外の全ての政治体制を除けばだが」と述べた通り、厄介な側面があり、国民に重い責任や義務を求める政治だ。『民主主義』では、それらのデメリットについても紙幅を割いている。

新書にまとめたのは、東京工業大学リベラルアーツ研究教育院准教授・西田亮介だ。

彼は33歳の年に、同書の意義を改めて掘り起こし、分かりやすい日本語の新書に〝翻訳〟して世に放っている。その世代で、こんなことを考える西田に興味を持った。

コロナ禍において、改めて政治の役割が注目されている。7年8カ月にわたる安倍政権が終わった今、西田に会って話を聞きたかった。そして、「社会に不安や不満があるのに、若者はなぜ、立ち上がらないのか」と、彼に尋ねてみたかった。

†　†　†

会ってまず聞いたのは、同書に注目した理由だ。

「民主主義というのは、それぞれの国によって誕生の経緯も認識も違います。必要なのは、民主主義を実感できる固有の共通体験です。『民主主義』が刊行された当時、日本では、敗戦と新憲法公布という共通体験があり、民主主義とは何なのかということに、真剣に向き合わなければならない時期でした。だからこそ、教科書として意味があったのではないでしょうか」と、西田は考える。

同書は5年間で、教科書としての配布を終える。民主主義が、日本人に浸透したからではないだろう。高度経済成長に向かう中で、もはやそんな「きれい事に関わっている余裕がなくなった」からなのかも知れない。

「同書には執筆陣の主観や強い思いがにじんでいます。それが中立的ではないという批判もあったようです」

では、現代の若者が民主主義を学ぶ教科書として、同書は役立つのだろうか。

そう問うと、西田は「難しい気がします。授業で利用したことはありますが、学生からの反響があった記憶はありません」と答えた。さらに「現代の学生に、敗戦の共通体験はありません。それどころか、社会がどんどん分断されていて同世代であっても、共通体験をした実感がないのでは」と分析した。「反響がなかったとしても、私には大事な書でした」と西田は言い添えた。

西田の発言や行動を見ていると〝熱い男〟という印象がある。本人は、「すぐに脊髄《せきずい》反射して炎上する」と自虐的に笑うが、若い世代が、政治に関心を持つための努力を惜しまない。

「試みの大半は、受けない」と言うが、それを気にしているような態度は見せない。そこには独特のニヒリズムと理想主義が混在し、自身の信念は徹底して、ぶれない。

国民は皆、大なり小なり政治に巻き込まれて生きている当事者なのだ。だが、そんなことに関心を持つ人は少ない。特に若者にとって、日常生活で大切なことがたくさんあり、政治的な無関心が静かに蔓延《まんえん》している。

西田はそんな風潮にあらがうように、あの手この手で若者世代を刺激していく。「それでも、簡単には世の中なんて変わらない」と自嘲しながら。それが、今時の若い学者の有り様なのか、彼の個性なのかは分からないが、こんな闘士が存在する社会は健全だ。

最近、私自身の実感としてあるのは、いかなる世代にも危機感を抱く人は存在しており、そういう人と連携していくのが重要だということだ。

西田は、私にとってそんな一人だと、再認識した。

当事者意識、責任世代が範を

いつから西田は、若者らが政治に無関心であることに注目するようになったのか。

「子どもを持ったことで、親としての責任感が生まれ、同時に危機感を感じました。そして、それまでは、自己責任論や競争社会を好ましく思っていましたが、それは違うと。強かろうが弱かろうが、幸せに生きられる社会が良いのだと確信し、そのために貢献したいと考えるようになったのです」

西田がユニークなのは、政権や権力者を一方的に非難するのではなく、常にリアリストであるところだ。

理想を語るとき、リアリストという姿勢は大切だ。理想とは、しょせん「絵空事」であり、「言うだけなら、誰でも言える」からだ。批判には対案が必要だし、行動が必要だが、西田はそれをきっちりと詰めていく。

「内閣府が『社会意識に関する世論調査』を毎年行っています。その中に『国の政策への民意の反映程度』という問いがありますが、『反映されていない』という回答が圧倒的に多い」

その一方で、「社会全体の満足度」という問いには、2013年を境に、「満足している」が、「満足していない」よりも高くなっている。

「いろんな解釈はあるでしょうが、我々の社会は、そういう社会なんだと思います。政策に対する不満は、一貫してある。でも、それは革命を起こすトリガーにはならない。あるいは、自分たちの損得に関係しないと解されているとみてもいいと思っています」

西田は、政治に関心を持つ第一歩として「損得勘定が重要」だと言う。それが、当事者意識を生むからだ。

だが、実際には「損得勘定」を掲げて政治を語る若者は少ない。それは、今の若者、もしかすると日本人全体が政府の有り様を「そんなもんだろう」と認めてしまっているからかも知れない。

「戦争が起きているわけでも、平均的な国民まで貧困で苦しんでいるわけでもない。もっと大変な外国があるわけで、それを見ていると、今の日本で満足しているのではないでしょうか」

†　†　†

閉塞《へいそく》感があり、先が見えない不安があるとメディアは騒ぐ。私も、そういう不安や危機感を煽《あお》っている。かく言う西田も、未来への危機感があるからこそ、政治に関心を持てと訴えている。

それは過剰な反応であまりにも悲観的だと言われるだろうか。

私はそうは思わない。

なぜなら、「この程度でいいのでは」という日本社会が、未来永劫《えいごう》続くわけではないからだ。

だから、私は小説で訴える。

歴史や物事の経緯を注意深く見れば、現実の隙間からのぞくリスクの行く末に見当を付けられるようになる。

そして、私は想像しうる限りの様々なケースの中から、「最悪」を抜き取り、物語をひねり出す。

たかがエンターテインメントかもしれないが、読者のうちの一人でも、その警鐘をすくい取って、現実に潜む危機に気付いてくれたら——そんな祈りをこめて、私は日々、筆を執っている。

「現在の状況から未来を想像することは重要だと思います。ですが、研究者としてはなかなか言及できないものでもある。その代わりに現状を正しく認識できるような情報提供や、客観的な時代認識や政治の捉え方を伝えることはできます。そして、当事者として政治に関わる人が増えてくれれば、各人が危機感を持つようになるとは思っています」

未来の警鐘を読者の想像力にゆだねる私のやり方は、「オオカミ少年」のような行為と言えるかもしれない。

だが、新型コロナウイルスの蔓延という不意打ちを食らって、社会がパニックに陥ったことを顧みれば、未来の危機を常に意識して、備えを怠らないことは重要である。それはまた、当事者として政治に関心を持つ意味でもある。

「今、社会の中の意思決定の位置にいる真山さんの世代は正しい危機意識を持つか、潔く身を引くか、どちらかにして欲しい」と、西田に言われた。さらに「バブルを経験した世代なのに未だに妙に楽観的で、無責任なことばっかり言っている印象がある」と手厳しい指摘も受けた。

望むところだ。偉そうに若者に政治の当事者になれと言うのであれば、責任世代としてまず範を見せようではないか。

西田さんは、マシンガンのように言葉が迸《ほとばし》る。しかも、その大半が、データや文献からの引用だ。

最初は圧倒されるのだが、徐々にそれが感心に変わり、やがて「ずっとこの調子でいて疲れないのだろうか」と思ってしまった。

純粋でまっすぐで、本能的に様々な判断ができる人物なのだろうな、とも感じた。きっと、これまでの半生で何度も痛い目にあって、今の雰囲気を作り出したのだろう。

熱いニヒリスト——。

この二律背反こそが、彼らしさなのかも知れない。

今回の出会いで、同じ思いや危機感を抱いていても、小説家と学者では異なる動きをする、という発見があった。

彼は、様々なデータと情報を収集し、それを分析した上で、論を紡ぐ。私は、取材（おそらく、研究者の実験に近いかも知れない）を行い、言葉だけではなく雰囲気までをも吸収して、架空の世界で、言いたいことを読者に伝える。

小説は、現実からの飛躍が大前提であり、取材も資料を漁《あさ》るのも、飛躍するための想像力を刺激し、読者にリアリティーを持ってもらうための道具立てとして必要だからだ。

西田さんは、飛躍しない。いや、脳内では小説家級の飛躍をしているが、学者という枠内に整えて、発信している。

この両輪を押し進める者がいないと、社会に訴えは届かないと以前から思っていた。

だから、西田さんの活動や姿勢に期待してしまうのだ。

学者は、大抵世間知らずと言われるし、私自身もそういう学者や研究者を知っている。

だが、生活感、社会認識のない学者の主張は、空々しい。

取材中に、就職先として始めは経営コンサルなどを考えていたが、結果的に学者の道を選んだと聞いた。

政治への関心の第一歩は、「損得勘定にある」という発言の背景にある発想・思考の土台はそこにあると思った。

西田さんの訴えが、私に響く理由は、そういう経歴にもあるのかも知れない。

彼とは、様々なテーマで、今後も意見交換をしていきたいと考えている。

第十七章 戦争とメディア

戦争について考えるなら、終戦の日（8月15日）ではなく、開戦の日（12月8日）を取り上げたいと思っていた。

テーマは、「なぜ、日本は戦争に向かったのか」。

冷静に考えれば、アメリカは戦って勝てる相手ではなかった。いくら軍が暴走しても、それぐらいの理性は、政府にも残っていたはずだ。

定説としては、中国東北三省を手中にした日本に対して、先進国がＡＢＣＤ（米英中蘭）包囲網を敷いて追い詰め、石油の調達を妨害したため、止むに止まれず開戦したことになっている。

本当に、それだけなのだろうか。

様々な資料を漁《あさ》っていくうちに、開戦の引き金となったことが、意外に知られていないメディアの存在を知った。

ラジオだ。

１９３０年代から40年代にかけて、テレビはまだ普及していなかった。その頃、新聞を凌駕《りょうが》する勢いで世界中の人々を虜《とりこ》にしていた新メディア、それがラジオだった。

当時の日本社会において、ラジオがどのような役割を果たしたかを検証し、本当に日本は、開戦を避けられなかったのかを考えてみた。

2020年11月28日朝刊掲載

開戦支えた民意、礼賛報道が刺激した

「臨時ニュースを申し上げます。臨時ニュースを申し上げます。大本営陸海軍部、12月8日午前6時発表。帝国陸海軍は本8日未明、西太平洋においてアメリカ、イギリス軍と戦闘状態に入れり」

1941年、ラジオのニュースで、日本国民は太平洋戦争開戦を知る――。

今から約80年前の出来事だ。

我が国では、広島と長崎の原爆投下と終戦の日がある8月に、平和を考える習慣がついている。しかし、本当に平和を考えたいのであれば、日本が戦争を始めた時について、深く知り、考えるべきではないだろうか。

日本が太平洋戦争に至った理由は、複数ある。泥沼化する日中戦争を国際連盟から非難され、米英蘭などから経済制裁を受けたことに対する対抗措置という説、または制裁が厳しかった米国に戦争へと追い詰められたという説もある。

あるいは、軍部の台頭が続き、陸軍を中心とした開戦派が暴走した結果だとも言われている。

いずれもが開戦の一因だったのは間違いない。だが、開戦理由の中で、見落とされがちな存在がある。

それは、日本国民自身が開戦に加担していた事実だ。

終戦までの日本は大日本帝国といわれ、立憲君主国家だった。天皇は国家元首で、統治権全体を掌握していた。だが、実際は国家の各機関が権限を分担しており、貴族院と衆議院という二院制の帝国議会が存在し、衆議院は25年に25歳以上の男子には選挙権が与えられ、衆院議員は有権者の投票によって選ばれていた。

そして首相が、日本という国家の全ての決定権を握る責任者であった。したがって、軍人だけで勝手に戦争ができたわけではない。中でも、国民の意向を無視して開戦などありえなかった。

最近の研究では、開戦派が力を持っていたと言われる陸軍ですら「戦争は回避すべきだ」と考えていたことが、残された史料から裏付けられている。

当時のアメリカは、GDP（国内総生産）が日本の10倍から20倍あった。首相直轄の研究所である総力戦研究所は41年、「国力差により日本側の敗北」と予測していた。

にもかかわらず、日本は戦争への道を突き進んだのだ。

†††

明治維新以降、富国強兵、殖産興業を推し進め、日清戦争、日露戦争、そして、第一次世界大戦で、勝利を収めた日本を国民の多くは「無敵」だと考えていた。米英などの列強国に追いつくべく日本は軍拡を進め、日本以外に権益を広げることに躍起になる軍を国民がこぞって応援してきた。

ところが、27年の昭和恐慌によって日本経済は大打撃を受ける。さらに29年の世界恐慌の余波を受け、経済の落ち込みには、出口が見えなかった。

その閉塞感《へいそく》を打破するために日本は中国東北地域に活路を求めた。当時、満州と呼ばれていた地域だ。

そこで事件が勃発する。満州事変である。

31年9月18日、奉天（現・瀋陽《しんよう》）郊外の柳条湖で、南満州鉄道の線路が爆破される。満州に駐留していた関東軍は、この事件を反日活動を続ける中国東北軍の破壊活動と断定、中国東北軍の制圧を開始する。

その一報を、地元駐在の日本人記者が報道。こんなどん底の時代にも日本軍は正義の鉄《てっ》槌《つい》を下すのだと、日本人は、溜飲を下げた。

実は中国東北軍への攻撃の大義名分を作るために関東軍が仕掛けた爆破だったが、それを報道した日本の新聞社は、当時、一社もなかった。逆に、事変に肯定的な報道合戦が始まる。

その結果、部数減が続いていた新聞の発行部数は回復し、やがて急増する。

メディアの戦争責任に詳しい京都大学教授・佐藤卓己の著書『メディア社会〜現代を読み解く視点』（岩波新書）によると、31年頃には、400万部程度だった大手新聞3社（朝日新聞、毎日新聞、読売新聞）の発行部数合計が事変後に急増。太平洋戦争開戦の年には800万部を超えた。

無論、当初は、軍部の情報一辺倒ではない記事も掲載されていた。ところが、軍への批判記事が掲載されると、全国規模の不買運動が起きてしまい、結局、新聞各社は売り上げ優先に走り、戦争礼賛へと傾斜していく。

新興メディア、熱狂煽る

新聞以上に、国民の戦意発揚を刺激したメディアがある。

1925年にスタートしたラジオ放送だ。

その翌年には東京、大阪、名古屋と個別だった放送局を統括し、日本放送協会が誕生、それから終戦後の51年までラジオ放送は、同協会が一局で独占した。

満州事変を契機に、ラジオの受信契約者数は急増する。放送開始時には5500件だったのが、事変の翌年には100万件を突破。開戦時には500万件をはるかに超えた。

昭和女子大学名誉教授で、メディア研究家である竹山昭子の『戦争と放送　史料が語る戦時下情報操作とプロパガンダ』（社会思想社）によると、満州事変以降、人気を集めたのは、戦況ニュースだった。日本軍の活躍を知るだけではなく、戦場に赴いた身内の安否を知るための重要な情報源だったためだ。

ラジオの影響力について、竹山に話を聞いた。

「論理的な思考で報道する新聞と違って、ラジオは人の声を媒介に情緒に訴える。それが、国民の戦意発揚に大きく影響した」と分析する竹山は太平洋戦争開戦時、13歳だった。

「ラジオの影響もあって軍国少女でした。当時は日本軍に正義があると、誰もが信じていました」

ラジオが生活でいかに重要だったのかを物語るエピソードを、竹山は教えてくれた。

「空襲警報が鳴って防空壕《ごう》に入る時に私が必ず持って行ったのが、ラジオの受信機でした。

絶対に壊すわけにはいかない大切な社会の窓でした」

ラジオを戦意発揚に巧みに利用したのが、37年の日中戦争勃発時に首相を務めた近衛文麿だった。近衛はその前年に日本放送協会の総裁に就任。戦争終結の年に自殺するまで総裁職に就いていた。

近衛は、自らの演説を、ラジオで頻繁に生中継し、全国民に挙国一致で団結し、難局打破するよう訴えた。

ラジオが放つ肉声の威力は、すさまじかった。時に首相の、時に軍幹部の声で、国民に一致団結を訴える。あるいは、戦場にまで取材班が出向き、兵士らの生の声をお茶の間に伝える――。

その鬼気迫る声を聞いて、国民の熱狂はさらに高まり、戦争に反対する国民を非国民だと非難するムードも巻き起こった。

そして、ラジオが開戦を伝えた。

†††

新興メディアが、国民を熱狂させる火付け役になるのは、何も戦争だけに限らない。テレビの普及によって、オリンピックでの日本選手の活躍に興奮し、米国で起きたケネディ大統領暗殺事件を視《み》て、悲嘆にも暮れた。

21世紀に台頭してきたＳＮＳもまた、世界中に大きな影響を及ぼし、既に新聞・テレビなど「オールド・メディア」の存在を脅かしている。

重要な政治的決定を自身のTwitterで公表したトランプ大統領は、戦時中のラジオと同じく、為政者が国民に直接メッセージを送るメディアとしてＳＮＳを利用した。そして、受け手はそれに熱狂する。

２０２０年の世界を襲った新型コロナウイルスについても、ＳＮＳで様々な情報が飛び交い、混乱を招いたり、自粛を強制する「自粛警察」を後押ししたりする力にもなっている。

無論、ＳＮＳにはプラス面もある。だが、「取扱注意」のメディアであるのは間違いない。

戦争にしても、政治の混乱にしても、〝主犯〟は軍人や政治家かも知れない。だが、忘れてはいけないのは、彼らが「好き勝手な行動」をできたのは熱狂的に支持した世論（今で言えば民意）の存在があってこそだ。

「戦争を始めなければ、平和は続く」と、誰もが知っていても、その戦争を後押ししている重要な要因が、世論であることを、我々はもっと強く肝に銘じるべきなのだ。

言い換えれば、自身の野望を実現したい為政者が、新興メディアを利用して、世論を味方につけようともくろんだところで、結局は、いつのまにか自分自身が世論に翻弄《ほんろう》されて、制御不能に陥ってしまうのだ。

陸軍も海軍も、「アメリカと戦争をしたら、必ず負ける。だから、戦争は回避しなければならない」と考えていたにもかかわらず、日本の正義を貫くために、大敵に挑め！　という世論を止められなかった。

そんな愚行を二度と起こさないために我々は、常に自分たちが当事者であるというメディアリテラシーを忘れてはならない。

執筆後記

新興メディアが社会に浸透するたびに、世論が刺激されて大きなうねりが起きると記事で書いたが、SNSで当初威力を発揮していたTwitterやLINEなどは、文字での発信が中心だった。

それが誰もが動画を発信できる、YouTubeが爆発的に流行し、ユーチューバーなる新しい職業が生まれ、まるで伝道師のように多くの〝信者〟を獲得し始めた。「論理的な思考で報道する新聞と違って、ラジオは人の声を媒介に情緒に訴える。それが、国民の戦意発揚に大きく影響した」と分析した竹山さんの指摘通り、「理性に訴える文字から、感情に訴える動画」の流行で、民意が暴走する沸点温度が、さらに下がった。

そんな最中、今度は〝Clubhouse〟という音声のSNSが登場した。

音声だけなんて、映像に勝てないだろう、と思うなかれ。発信者と聞き手に双方向性があることや、音声のみだと「ながら」で聴けるという手軽さから、一部で流行が広がっていた。

YouTubeを凌駕する日も近いと言われていたが、思った以上に早く、人気は急落してしまった。

それでも、今後もSNSの栄枯盛衰は続くのだろう。

いずれにしても、マスメディアのような厳しいルールやモラルを持たず、情報や感情を垂れ流すばかりのＳＮＳの暴走を、我々はいつまで見過ごしていられるのだろうか。

第十八章 災いの年の瀬に

するであ
考え、備えようと議
当初はいつか議論をまとめ、世に問
いたいと思っていた。しかし、なかな
か議論がまとまらない。各論では、素
晴らしい意見が出るのだが、「では、
その改善法は何か。あるいは、どのよ
うな政治的な行動に結びつければいい
のか」という結論に至らなかった。
コロナ禍で一時期は中止したもの
の、現在も真山ゼミは続いている。
参加者は30代の社会人が大半で、起
業家、官僚、法律家、そしてビジネス
マンなど社会の一線で活躍している。
彼らに対して「コロナ禍を踏まえ
て、我々は今こそ、政治に積極的に関
与すべきではないのか」と提案し、毎
回2時間以上の議論を3度重ねた。
だが、結果は芳しくなかった。だが、そ
ロナ禍は、大変だった。
方で日本社会と経済の底力の強さ
じ取れた。今は政治への関心よ
分たちの仕事を究める時」とい
主流だった。
もっとも、「自分たちの生
される危機感を感じるように
あったら、変わるかも知れ
う意見もあった。
常連のメンバーは20人
らの多くは、「まだ、今
ような の

2020年いっぱいで連載が終了することになり、最後をどう締めくくるか、悩んだ。20年春に五輪が延期されて以来、連載の初期の目的は頓挫し、気づくと、コロナ禍でずっと異常事態なままの日本社会を描き続けていた。

終息の目処《めど》が立たないどころか、感染者の数の増減に一喜一憂し、情報は錯綜《さくそう》し、毎日、何らかの事件が起き、その度に、昨日の常識が揺らぐような状況が続いた。

その様相は、11年の東日本大震災時に発生した原発事故後の混乱を再現しているようだった。

政府は国民に、冷静になるよう呼びかけているが、断固とした対策を取れず、自分たちが情報に振り回されている。

国民の命や生活がかかった重大な問題なのに、政権や自治体、さらには霞が関で、権力争いや責任の押し付け合いが続いた。その無責任さは、もはや「亡国」という言葉以外に表現のしようがなかった。

メディアも、その共犯者だ。少しでも目新しい情報が流れたら飛びつき、精査もせずに流してしまう。あるいは、感情的なバッシングを煽《あお》るお先棒を担ぐような事態もあった。

こんな時だからこそ、情報の精度、深度、切り口が重要なのだが、まるで流れ作業のように上滑りの記事ばかりが、繰り出されていく。

一体何が起きているのか！

読者が何より知りたい情報があるはずなのに、その見極めもできなかった。

逆に、コロナ禍疲れで、国民の方が危機に慣れ、やがて飽きてしまった。「五輪なんて、できるはずがないだろう」と思いながらも、それでも突き進む政権や東京都知事に、異を唱えようとはしなかった。

本来、五輪開催の栄光と余韻に浸れたはずの2020年は、虚無感ばかりが漂う、戦後最も空虚な1年で終わりそうだった。

こんな大人の体たらくを見て、若者はどう思っているのだろうか。

私が続けてきた自主ゼミで、3カ月にわたり「なぜ、これだけ政治がダメで、社会が不安定なのに、積極的に政治に関心を持ち、この国を良くしようとしないのか」をテーマに掲げ、20代、30代の若者たちと議論してきた。

それを踏まえ、未曽有の災いに包まれた1年、そして、「Perspectives：視線」の連載を締めくくろうと考えた。

2020年12月25日朝刊掲載

一寸先は闇。若者よ、妄想力を抱け

もしも、新型コロナウイルスが、世界を襲わなければ……。メディア恒例の一年を振返る企画は、良くも悪くも「東京五輪開催」の話題が独占しただろう。

この連載も「東京2020」というオリンピック開催を機に、日本社会を改めて様々な角度から見つめ直す——という目的でスタートした。

初回の2019年4月から20年2月までは企画にのっとり、様々な方向に視線を投げて、日本という国を再認識する話題を取り上げた。

念頭に置いたのは、「東京五輪を我々はどう捉えるべきか」だった。ところが、3月にコロナ禍の問題を取り上げた頃から「五輪延期」が取り沙汰されて、同月30日に正式に1年延期となって、テーマは変化した。

社会の注目は未曽有の危機をもたらした新型ウイルスに集中した。世界規模では感染者数が7800万人を突破、死者も170万人を超え、終息のめどは立っていない。

19年4月にこの連載に取りかかる頃、日本という国が加速度的に変化し、「同じ時間を生きている感覚が希薄になりつつあるのではないか」という危惧を抱いていた。そして、連載初回で秋葉原に立ったのは、我々の価値観を激変させた〝立役者〟の一人である安倍晋三前首相にとって〝聖地〟ともいえる場所だったからだ。彼はここで時に国民の〝英雄〟となり、時に非難を浴びた。

†　†　†

同時代性喪失の危機は新型コロナウイルスという災厄によって一体感を取り戻すに至っている。ところが、コロナ後も変わらない、いやますます激しくなったものがある。「自分は常に正しい側にいたい」という自己防衛の意識だ。そして人々は我が正義を叫びながらも、不安と恐怖、終わりが見えない混沌《こんとん》の中で、途方に暮れている。

ついに疲れきってしまったのか、今やどこか開き直った弛緩《しかん》状態が社会にどんどん蔓延《まんえん》している気がしてならない。

ほんの1年前まで、私は近い将来、日本を襲うであろう様々な危機の可能性を指摘し、「このままの状況が続けば、日本は近い将来、大変な時代を迎える。だから、それに備えて、一歩先んじた対策を講じるべきだ」と訴えてきた。実際、発表する小説の多くも、「巨額な財政赤字」や「エネルギー危機」などを取り上げ、「未来への警鐘」をテーマにしてきた。その行為は、どこか「オオカミ少年的」に捉えられ、「危機を煽りすぎ」だという批判を受けたこともあった。

だが、新型コロナウイルスが蔓延して、あまりにも危機に弱い日本社会が露呈してしまった。まさかの事態への備えを「無駄遣い」と切り捨て、危機対応の準備がおざなりだったことが顕在化してしまった。

だから言わんこっちゃない、と責めるつもりはない。言葉をなりわいにする以上、もっと強く、説得できる「言葉」を持つべきだったと反省しかない。

その一方で、こんな未曽有の危機の最中だからこそ、失敗したこと、努力が及ばなかったことを克明に記録し、いつか抜け出せるはずのコロナ禍後の未来に生かさなければと思う。

我々の社会がいかに危機に弱く、不測の事態にうろたえるのかを体感している今であれば、本気で対策も講じられるに違いない――。

現状維持から、踏み出して

ところが、必ずしもそうではないという現実を突きつけられる出来事も続いている。

2011年に『コラプティオ』(文春文庫)という小説を発表した時、若い世代にもっと政治に関心を持ってもらおうと、大学生や院生を中心に集う私塾のような「真山ゼミ」を始めた。

月に1度集っては、将来我々が直面するであろう問題や危機を、今から考え、備えようと議論を続けた。

当初はいつか議論をまとめ、世に問いたいと思っていた。しかし、なかなか議論がまとまらない。各論では、素晴らしい意見が出るのだが、「では、その改善法は何か。あるいは、どのような政治的な行動に結びつければいいのか」という結論に至らなかった。

コロナ禍で一時期は中止したものの、現在も真山ゼミは続いている。

参加者は30代の社会人が大半で、起業家、官僚、法律家、そしてビジネスマンなど社会の一線で活躍している。

彼らに対して「コロナ禍を踏まえて、我々は今こそ、政治に積極的に関与すべきではないのか」と提案し、毎回2時間以上の議論を3度重ねた。

だが、結果は芳しくなかった。「コロナ禍は、大変だった。だが、その一方で日本社会と経済の底力の強さを感じ取れた。今は政治への関心より、自分たちの仕事を究める時」という声が主流だった。

もっとも、「自分たちの生活が脅かされる危機感を感じるような出来事があったら、変わるかも知れない」という意見もあった。

常連のメンバーは20人前後だが、彼らの多くは、「まだ、今は危機感を抱いていない」ようなのだ。

そこで、私は「そう遠くない将来、もっと大変な事態が日本に起きるのは、間違いない。コロナ禍によって、その時が早まるかもしれない。もっと想像力を働かせて考えてみないか」と提案してみた。

彼らはあれこれと想像を巡らせてはくれたが、結果的には「若者が刺激を感じる臨場感や達成感が政治にない限り、政治に関心を持つ人は少ないのでは」というような趣旨の意見が多く、20代の参加者からは、「そもそも若者が政治に参加する必要はないのでは」という意見まで出てしまう。

参加者は高学歴で、問題意識も高い。私が感じている未来への不安や危機感も頭では理解している。にもかかわらず、結果的には「自分事」に落ちないのだ。

†††

若者は政治や社会に無関心なものだと切り捨てるのはたやすい。だが、若い世代は、未来に不安を感じ、社会をもっとよく知りたいと積極的に活動をしている印象がある。

私の事務所には大学生の調査スタッフが常時何人かいる。そのおかげで、若い世代の社会意識について、ある程度知る機会があり、それで得た実感だ。

そして、彼らからの要望があって、今年は、もう一つ新しい真山ゼミが誕生した。

こちらは参加者を大学生だけに絞っている。コロナ禍が深刻化する中、オンラインでスタートしたが、現在は対面と併用して毎月議論を続け、参加者は計40人を超えている。テーマは、学生たちが自主的に「今、ホットな話題」を選んで発表するという形式だ。「コロナ禍とどう向き合うか」から「官邸と検察庁の癒着問題」「地方創生」までいろんな発表があった。

若いがゆえに、思い込みが強く、事実の判断に迷っている場合が多い。結果的には私が社会の仕組みを解き明かしながら、議論を進めるのだが、彼らの貪欲《どんよく》な知識欲は頼もしい限りだ。

残念なのは、これまでのほとんどの結論が現状肯定で、「なかなか世の中は変わらない」に落ちついてしまうことだ。

若いんだから、もっと暴論を吐け！　と思うのだが、若い世代の方が、保守的で諦めも早い。

「自分たちは幸福じゃない気がするけど、だからといって何もできないのでは」と発言された時は、つらかった。

彼らと意見交換する時に、私が何度も訴えるのは、現状認識をしっかり踏まえて、未来を想像し、何が足りないのか、何を足せばいいのかという思考をやめるな、ということだ。そして、もっと妄想する楽しさを感じて欲しいと願っている。それが身につけば、未来への危機感は鮮明になり、恐怖や不安の質も変わってくるはずだ。

真山ゼミに参加する若者らに共通しているのは「既存の壁をぶち破り新しい社会を生み出すぞ！」という燃えるような気概が薄いことだ。

もしかして、今年、東京で五輪が開催されていたら、アスリートたちの頑張りを見て、そんな情熱を持つ若者がもっと増えたのかも知れない、などとも思ってしまう。

否、諦めからは、何も生まれない。そして、ピンチはチャンスなのだ。

停滞し混沌とした現状だからこそ、若者の爆発力が必要になる。

しかも、未来に絶対確実なことなんてない。19年3月に秋葉原に立った時は、無敵だと思われた安倍前首相ですら、職を辞しているのだから。

一寸先は闇──。2020年はそれを地で行く一年だった。そこで何とか生き抜き、私たちは年末を迎えようとしている。

今年ほど、生きるとは何かを考えさせられた一年はなかった。

その内省を、行動で生かす。

そんな2021年でありたい。

執筆後記

この記事が出て、半年以上が経過した。

コロナ禍は、今も続いている。

この1年余りのコロナ禍の中で、我々は何かを学び、前に進んだのだろうか。

そうは思えない。

逆に、「何をやっても、どうせダメ」という無力感と、「もう、あまり気にせず普通に暮らせば」という開き直りが、広がった。

危機が社会を覆うと、弱点が露呈する。

小説には「ディストピア」を扱うジャンルがある。楽園を意味する「ユートピア」の反対の意味で、暗黒郷、地獄郷などと書くこともあるらしい。

イギリスの作家、ジョージ・オーウェルが全体主義に縛られた監視社会を描いた『1984年』(角川文庫)が有名だ。小説だけでなく、映画や漫画などにもディストピアが描かれてきた。

個人の尊厳や言論の自由を守ろうという、啓蒙的な想いが込められた作品が多い。中には、核戦争後の社会や、疫病が蔓延した後の世界などを舞台にして描かれたものもある。

コロナ禍で、まさに「ディストピア」が全世界で現実化したといえよう。

もっとも、日本の致死率は、世界比でそれほど高くなく、感染して重篤化する人数も少ない方だった。

そのため、小説に出てくるディストピアほど絶望的な状況とは受け止められていなかった。

だが、そもそも社会がディストピア化する端緒は、意外に細やかな事象に表れる場合が多い。それを見過ごしたから、取り返しのつかない社会が生まれてしまう――というのがよくある構図だ。

後で振り返ってみると、今だったら、深刻なディストピアを防げたのに、誰もそれをしなかった、という時を我々は過ごしている可能性がある。

だから、問題を感じたら、行動しなければならない。

そんな想いを込めて、2020年を締めくくった。

だが、21年は前年よりさらに重苦しく、空虚な時間が流れるばかりだ。

行動を起こせ！　と声高に叫んでも、「どんな行動を起こせばいいのか」が分からず、途方に暮れる。

このままでは、人類は地球から排除されるかも知れない。そんな焦りばかりが募っている。

第十九章 秋元康と語る「今」

コロナ禍 無力を補

その時代をイメージする時、大きな役割を果たすのは、流行歌だ。

並木路子が歌う「リンゴの唄」を聞けば、戦争が終わり焼け野原から立ち上がる日本の姿が目に浮かぶ。ロッキード事件が日本を騒がせた1976年初頭には、「およげ！ たいやきくん」が450万枚以上売れた。

じゃあ、2020年の日本社会を象徴する流行歌として、何が残るだろうか。

一つのヒット曲と言うよりも、21世紀初頭の歌謡曲シーンを牽引《けんいん》した人物が、すぐに思い浮かんだ。

秋元康さんだ。

彼がプロデュースした欅《けやき》坂46が歌った「不協和音」を、初めて聞いた時の衝撃がずっと心に残っていた。

若い世代は、今の時代に不満はないのだろうか。あるなら、なぜ立ち上がらないのかを小説のテーマにしたくて、その端緒を求めていた私には、あまりにもどストライクの歌詞が刺さった。

果たして取材に応じてくれるかは分からなかったが、とにかく依頼してみようと決めた。何が何でも説得したかったので、編集部に頼まず、自分で口説こうと決めた。広報窓口を通じた正面切っての依頼では、断られる可能性が高いからだ。相手がこちらの要求に耳を傾け、じっくり考えてくれるようにしたかった。

取材対象者と親しい人が知り合いにいれば、その人にこちらの想いを伝え、仲介を頼むことが多い。以前、秋元さんに近い人物が私と会いたがってると聞いていたのを思い出し、連絡を取った。

そして、その人物と夜遅くまで飲み明かし、こちらの想いを伝えた。

手応えはあったが、新型コロナウイルスという伏兵が、行く手を阻んだ。

自粛モードが続く中で、強く取材を求めることもできないまま、結果的に、新聞連載期間に、インタビューの機会は訪れなかった。

年が明け、緊急事態宣言が解除されたタイミングで、ついにインタビューが実現した。

2021年5月1日朝刊掲載

「みんな」が実体化、不協和音が怖い「個」

2020年末に連載終了した「Perspectives：視線」では、唯一の心残りがあった。AKB48や乃木坂46などを世に放ったプロデューサー、作詞家の秋元康について書けなかったことだ。独自の構想力で時代のムードを切り取る秋元が、2020年代をどのように感じているのか、ぜひ聞いてみたかった。

だが、番外編として、この企画が実現した。

AKB48を結成した当時、「アイドルを作りたいのではなく、時代を作りたい」と、秋元は語っていた。

「じゃあ、今の時代をどう言えばいいんだろうか、を言葉にするのが僕の仕事だと思っています」

現代の日本社会では、同時代を生きている実感が希薄になっているのではないか、という危機感が私にはある。

「個の時代が広がっているという実感は、僕にもあります。僕らが若い頃なら、ラーメン屋に入ったら、みそか、しょうゆか、塩の味を選ぶ程度でした。でも、今は、味だけではなく、麺の硬さまで選べる。それを『個の時代』の一例と取るか、ラーメンを食べるという点では、同じことじゃないかと取るか。しかし、同じ空の下で、老若男女が生きているという意味では、共通項がある」

秋元の話は、とにかく分かりやすい。深刻さなどみじんも感じさせないのに、その根元では、「時代」の真ん中を、ざっくりと切り取っている。

同じ現象でも、視点が変われば、異なる分析はできる。

だが、これは視点の問題ではない気がしている。

†††

根本は変わらなくとも、一方で、時代の影響を受けやすいのが人間という生き物である。

高度成長はとっくに過ぎ去り、「日本の未来は、墜《お》ちていくだけ」と感じている国民が確実に増えている。

これぞまさに「分断の時代」だと、軽はずみには言いたくないが、「みんな」で一緒に幸せになろうとか、一緒に頑張ろうという時代は終わった。自分だけが得をするために、うまく抜けがけする知恵を巡らせる。そんな殺伐とした世界の中で、自分に自信のない弱気な人は、目立たずおとなしく、少しはおこぼれにありつけそうな大きな船に乗ろうとする。

その結果、自分の立ち位置が分からなくなってしまい、うっかりしていると自身の存在意義すら見えなくなる。

だから、若い世代は、承認欲求を満たそうと必死だし、時流の中心にいたいと焦っているように見える。

「僕らの時代なら、人と違うことをすると、かっこいいという風潮がありましたけど、今は目立たない努力をしている。みんなと同じ色のランドセルを背負っていると、いじめられないという防衛本能がある気はしますね。言ってみれば、『個にこだわりすぎて迎合してしまう時代』ですね」

「個」の時代のはずなのに、「みんな」の空気を読まなければならない。だから、生きづらいのか。

「昔から、『みんな』という言葉はありましたが、実体化していなかった。例えば、『秋元、みんなからの評判悪いよ』と注意された時、じゃあ、その『みんな』を連れてきてよと言っても、誰も来ない。ところが、現代社会には、ネットが『みんな』の存在を、実体化させてしまった。しかも、それは恐ろしいほど攻撃的だから、誰もがすっかりおびえて、目立たないように『みんな』と同じになるよう努めている」

だからこそ、秋元は、「みんな」に異を唱えよと、欅坂46というアイドルグループを世に出したのではないか。

彼女たちは、「みんな」に反旗を翻せと歌い、社会をあっと言わせた。

私が、秋元にどうしても会いたいと思ったのも、彼女たちの代表作の一つ「不協和音」を聴いたからだ。

〝僕はＹｅｓと言わない
首を縦に振らない
まわりの誰もが頷《うなず》いたとしても〟

と始まる楽曲は、孤独を恐れず、戦うと宣言する歌だ。その勇ましさ、強さは、若い世代だけでなく、大人の心にも突き刺さった。

「現代の子どもたちは、協調性を大切にせよと育てられているんじゃないか。でも、時には不協和音を奏でるのも悪いことじゃないと、メッセージしようと思ったんです。もっとも、社会にもの申すつもりの作品ではないんですよ」

コロナ禍、無力を補うものは

だとしても、あの歌は、社会的な反響があった。

美空ひばりの生前最後のヒット曲となった「川の流れのように」を30歳で作詞したように、秋元は、自分の経験ではなく、歌手の人生からエッセンスをすくい取るように詞を紡ぐ。しかも時代の匂いを絶妙に配するのだ。

そこには、戦略があるのだろうか。

「マーケティングとは、現象を分析してから判断するものですが、それでは時代から何秒か遅れてしまう。僕の場合は、なんとなくの感覚で、時代をつかもうとしていると思います」

基本は、「好きか嫌いか」で、しかも、判断は瞬間的なのだという。

「人生の波をうまく乗りこなす人でも、失敗する時は、必ず来る。どれほど用心深く進もうとも、その穴に必ず落ちる。だったら、ためらわず判断して行動した方がいい」

では、コロナ禍という前代未聞の困難をどのように捉えるのか。

「これまでの社会問題は突破口が見えたり、克服すべき問題が既に存在したりしていて、とにかく知恵を絞って解決法を探ればよかった。でも今回は何が起きているのかが分からない。人類の英知が試されている気がします」

自然界の摂理の前では、人間は無力という真理を、コロナ禍で突きつけられた。だとすれば、あるがままを受け入れるしかないのだろうか。

「コロナ禍では、正解がないことを議論する時のマナーや品も問われています。自分が正しいといくら訴えても、ほとんど根拠がない。なのに、異なる意見を駆逐しようとしたり、勇気を持った提案を攻撃したりするような人が、立場のある人の中にもいる」

それが、人間の本性かも知れない。うろたえれば、醜い本性がのぞく。

コロナ禍をどう捉えればいいかが、分からないから、何をすべきなのかも見えない。多くの人が、そのもどかしさの中で、苦しんでいる。

†††

こういう時こそ、エンタメの力で、社会を明るくしよう！　というかけ声が上がることがあるし、エンターテインメント関係者は、そんなエールを送り続けている。

「今のところ、出口は見えていません。エンタメの存在意義が問われているという危機感を抱いています。感染しない注意を怠らないように自粛モードになっている時に、何がエンタメだという声がある。でも、気持ちが塞いでいるからこそ、エンタメの底力が発揮できるとも思う。そしてエンタメ界に身を置いている人たちも、生きていくために働かなければならない……」

もはやエンターテインメントは、不要なのか。私は、そうは思わない。古今東西、苦難の時代に、人は苦しみを忘れるため、あるいは、自らを奮い立たせるために、エンターテインメントを求めた。

「エンタメが必要であって欲しいと願っています。でも、こんなにも行動の自由が制限された自粛ムードの中で、自分たちは、本当に必要とされているのだろうかと、考えてしまう。きっと、それは、エンタメ業界に限らない。旅をしたり、食や文化を楽しもうという人影が街中から激減し、あらゆるサービス業が暗闇の中に閉じ込められてしまった。そんな状態が1年以上も続くと、皆、生業としているものや、自分の存在価値に自信が持てなくなってしまう」

ここが正念場だ——。そうは思っても、寝食を忘れて治療に取り組んでいる医療従事者に、少し休憩して、小説を読んで下さい、音楽でリラックスしませんか、なんて言えないのが、現実だ。

人間とは無力で、その無力を補うものは何なのかを考える時代——、秋元はコロナ禍をそう評する。

無力とは、「何をやってもダメ」という意味ではない。

無力だからこそ、知恵を積み重ねて生きのびてきたのが、人類の歴史だ。なのに、いつの間にか、人間は「地球の王」だと勘違いしてしまった。そして、目に見えない小さなウイルスに右往左往している。

とにかく我々は、生き残る方法を愚直に真摯《しんし》に探すべきだ。

エンタメ界は「それが、何の用に立つのか」などと思わず、力の限りエンターテインメントを発信すればいい。

絶望せず、考え続けよう。そして、試行錯誤の末に手に入れた「答え」を、コロナ禍が明けた時には堂々と実行するのだ。

新聞掲載時には収録できなかった話題を、紹介したい。

楽曲を通じて、若い世代に向けてメッセージを発信し続ける秋元には、ぶれない信念がある。

「人の感情は、今も昔も根本的には変わってない。無論、時代が異なるわけだから、時代に即する必要はあるだろう。その時代に合わせて、普遍的な真理を言葉にする。だから、僕の仕事は『通訳』だなと思う」

ささいな台詞一つにも、普遍的な真理が込められているからだ。

例えば、1957年にブロードウェイで上演された「ウエスト・サイド物語」は、名作「ロミオとジュリエット」を、当時の社会的背景を織り込んだニューヨークの非行少年たちのミュージカルに昇華し、絶賛された。その後、61年に映画化されると、日本をはじめ全世界の若者を熱狂させた。

秋元が言う「時代に合わせて通訳する」成功例といえる。

「通訳」的役割ということで言えば、小説家も似たような作業を試みている。私自身も日本の国家財政破綻がテーマの小説を執筆した時、一般会計の歳出と歳入の不釣り合いを、個人の年収の話に置き換えて説明した。

もっとも時代に潜む問題や人々の気分という漠としたものを通訳するには、それなりに力業が求められる。秋元は多くの場合、瞬間的に創出しているようだ。

いったい秋元の思考過程はどうなっているのかと尋ねると、付き合いのあるプロデューサーの独立に際して贈った歌を作詞した時の話をしてくれた。

「独りで酒を飲みながら、来し方行く末を考えるようなシチュエーションの歌を贈ろうと考えました。僕らの頃なら、河島英五さんの『酒と泪《なみだ》と男と女』的なイメージです。酒を飲みながら、今までの自分を振り返り、やるせなさを感じる……。僕が思い浮かべたのは40代の彼が、ベビースターラーメンをつまみながら酒を飲んでるという図です。俺はいつ大人になってしまったんだろうと悔しさを抱きながら酒をあおる。あの時あんな夢があったのに、今は言い訳ばっかりしてると思いながら、残り僅かになった袋を逆さまにして中身を口に入れようとしたら、半分ぐらいこぼれちゃう。床に落ちたスナック菓子の残りくずみたいに、人生で取りこぼしたものが、いっぱいあるよね、という歌です」

まるでドミノ倒しのように連鎖する思考こそが、秋元を秋元たらしめている源らしい。

ポストコロナをどう読む

では、秋元の思考は、コロナ禍をどう模索するのだろうか。

さすがの秋元ですら、先が読めない。

災禍の真っただ中で、今を語るのは、難しい。

起きている事象を、様々な角度や長い時間軸の中から「見る」私は、コロナ禍においては、数々の日本の弱点やこれまで先送りされ続けてきた問題が、顕在化し、そのツケを払わされているという認識がある。にもかかわらず、思考停止している社会に向けて、私なりの警告を送っている。

だが、喜びや希望を与える仕事に携わる秋元としては、先が見えないコロナ禍で、軽はずみな希望を訴えるわけにはいかない、という。細心の注意を払っても、多くの人の心を傷つけかねない。その葛藤が続き、打つ手を決めかねているようだ。

「何も考えられないというのが、正直な答え。これは印象としてですが、世の中は、価値観の断捨離をするだろうな、という気がしている。3密を避けるため、リモートワークになったり、5人以上での会食を控えろと言われ続けています。そんな状況が長く続くと、生きるための最低限大切なこととは何だろうと考え始めるんじゃないでしょうか。

もし、そういう風潮が強くなれば、エンターテインメントは、それをサジェストする方向にいくのではないか。そんな時代の幸せ、あるいは、人生そのものまで四角四面に断捨離するヒントを歌やドラマに表現して発信してしまうかもしれない」

それは、本来のエンターテインメントのあり方ではないはずだ。

沈みゆく船にあっても、希望や立ち上がる素晴らしさ、生きていくことの喜びを手に入れることの大切さを訴えるのが、エンターテインメントだと、私は思いたい。秋元のような人物には、前に向かって、敢えて楽観的にエンターテインメントに挑んで欲しいと、願っている。

角栄に魅了されるわけ

取材の中で、秋元の口から転がり出た意外な話題も紹介しておきたい。

田中角栄だ。秋元は、角栄フリークなのだという。特に角栄の演説の魔力を高く評価している。

私がノンフィクション『ロッキード』(文藝春秋)を発表していたと知るや、角栄について想いや問いが次々と飛んできた。

「田中角栄さんのスピーチは、なぜあれほどまでに人を惹《ひ》きつけたのでしょうか。多くの人が疑問に思っていることを話題にして、分かりやすく説明するだけでなく、解決策まで、約束しちゃう。しかも、行く先々で、ふさわしい話題を投げかけて、あらゆる人の興味を惹く。田んぼで作業をしている人を見つけたら、車から降りて、行って話しかける。農業にも詳しくて、地元のおばあちゃんとも会話が弾んだそうじゃないですか。あれは、単なるパフォーマンスではない創造力があります」

角栄の演説は、力強い。畳み込むように想いをぶつけるので、聴く人の心に刺さったのだろう。

そして、他の大物政治家が語るような「大きな話」や「きれいごと」を避け、時事問題を、生活感のある話題に「翻訳」して伝える。

端的に説明しながら問題のツボを突き、角栄なら必ずや解決すると、請け合ってしまう。

まさに「決断と実行」の男を体現しているのだ。

「単に問題点だけを話題にするのではなく、その経緯も説明してくれるので、聞いている人が腑に落ちる。だから、説得力があるんですよね」

また、一国の総理大臣ほどの人物にもかかわらず、圧倒的な親近感で、会った人を皆ファンにしてしまう。

「選挙カーの上から、聞いているおばあちゃんに話しかけて、『東京には空がない。おばあちゃん、これが空と言えますか』と言い放ったとか。都市伝説みたいな話ですけど、『この人に任せたい』と思わせる魅力があったのでしょうね。後にも先にも、こんな政治家いませんよ」

角栄は、常に「みなさんの政治家」というスタンスで状況判断し、行動していた。それも、安倍晋三前総理が、ことあるごとに「国民の皆様」と変な持ち上げ方をしていたのとは違う、自分と全く同じ視線に立った「みなさんと自分は同じ」という姿勢だった。

だからこそ、角栄待望論が止まない。

秋元は、ロッキード事件についての所感も語ってくれた。

ロッキード事件では、本来起きないはずの巡り合わせが何重にも重なり合った。その中の一つでも起きていなければ、田中角栄逮捕には至らなかっただろう。

つまり、フィクションで言うところの「できすぎ」な偶然が重なった結果、戦後最大の疑獄事件が発生したのだ。

「そんな些事《さじ》や偶然が時代を変えたのか、と思うことが実はたくさんあります。沢木耕太郎さんの『テロルの決算』（文春文庫）を読むと、暗殺犯の山口二矢《おとや》に浅沼稲次郎社会党委員長が刺された時に、普段なら上着の左の内ポケットに収めていた手帳を、その日だけ入れていなかったために、刃物が心臓を突き刺したそうです。いつものように手帳があったら、死んではいなかったと」

そんな時代の誤動作に、秋元は強い興味を覚えるようだ。

そして、別れ際にこんなことを言われた。

「コロナ禍に田中角栄さんがいたら、どんな政策を採るんでしょうか。そんな小説、書いて下さいよ」

とてつもなくストイックな人だ。

それが、秋元さんの第一印象だった。

かといって、仙人のように達観してはいない。

エンターテインメント界では、巨人と言ってもいい人物だ。抑え込んでも、オーラが全身から溢《あふ》れている。

明らかに内面にとても熱いものが存在するのは、感じ取れた。だが、それを完全に封じ込めて、物腰も口調も柔らかく、微笑みながら間を空けずに答えが返ってくる。

もっとも、こちらの質問には、ストレートには答えない。脳を高速回転させて、理解、分析した上で、「秋元康の言葉」にして、瞬時に吐き出してくる。

インタビューの要諦《ようてい》は、相手の答えから次の問いを探すことだ。そこに隙があれば、迷わず切り込み、ホンネを語るように導く。

こちらとしては、会話のペースを変えずに、必死で次の問いを探すのだが、なかなか簡単には見つけさせてくれない。

一見ソフトに見えて、本当は硬い殻の向こうに何があるのか……。

次々と問いをぶつけながら、それを探し続けたが、相手の殻を破り、こちらのペースに引き込めなかった。

長年、斯界《しかい》のトップにいると、周囲からの雑音や誹謗《ひぼう》中傷も多々あったろう。それでも、秋元さんは、我が道を突き進んだ。

その結果として、圧倒的に自我を封じ込むという穏やかな佇《たたず》まいが生まれたのだろう。

会う前より、ますます秋元康という人物への興味が深まった。

東日本大震災が起きて以降、二つの「日本語」が行き交うようになり、相互に嚙み合っていないと感じるようになった。

言語的には同じなのだが、なぜか、言葉を発する両者が通じ合えないのだ。かたや、政財界や学術界、そしてメディアであり、もう一つは、多くの国民だ。

両者は、国を運営する側と、国を構成する人たちという関係だ。前者は、かつて「おかみ」と呼ばれていた存在に近い。後者は、前者を監視する役目も負っている。

両者の言葉の断絶は、大震災と原発事故という二つの不幸が重なり、さらに当時の民主党政権の混乱ぶりを目の当たりにした、国民の不安の膨張が原因だ。

中でも原発事故について、多くの国民から、「安全だと言い続けていたのに、ウソだったんじゃないか!!」「政官財、メディア、学術界がグルになって騙《だま》したんじゃないのか!」という非難の声が上がった。

「おかみを信じて、任せてきたら、こんな大変なことになった。しかも、彼らは説明責任を果たさず責任逃ればかりしている。そこに学者とメディアも加担している。もうこいつらの話なんて、絶対に聞かない」

次第に国民の間には、「おかみ不信」が蔓延《まんえん》していった。

そして、国民から非難された側の多くは、抗議や心の叫びを無視した。

それが、サイレント・マジョリティの怒りを買い、断絶が起きた——。

小説家という立場は、本来両者を繋《つな》ぐ役目を負っている。だから、余計にこの断絶に強い危機感を覚えた。

震災から10年あまり、私は国民から不信を買った当事者である「おかみ」の人たちに、国民に言葉を伝える努力をすべきだと繰り返し訴えてきた。

だが大抵は、「何を言っても、聞く耳を持たない相手に、説明しても無駄」だという答えが返ってきた。その背景には、賢い自分たちの言うことを聞いておけば、幸せになれるんだから、国民は黙ってろ！　という旧態依然とした考えが根強くある。

しかし、本当は、強烈に嚙みつかれるのが「怖い」のだということが分かってきた。

そして、メディアも官僚も学者も、国民に分かりやすい言葉で伝える努力を怠った。

一部のメディアは、テレビ画面に字幕をつけたり、物事を単純化すればよいと勘違いしている。だが、本当の「分かりやすさ」とは、まず、発信者自身がしっかりと本質を理解することから始まる。発信者が、本質を理解できていないのに、ただ言葉を羅列しても、何も伝わらないからだ。その過程では、伝えたいことを、自らの言葉で嚙み砕き納得する必要がある。

その上で、相手が理解しやすいように「翻訳」した言葉で伝えると、初めて「分かりやすさ」が生まれるのだ。

発信者として重要なのは、自分自身が誰かに伝えたいという思いだ。それがあってこそ、相手の立場に立って「翻訳」しようとする姿勢が生まれてくる。

一方、聞く側は、自身の主義は脇に置き、まずは相手の発言の本質を正しく理解することに腐心しなければならない。理解できたと確信が持てなければ、相手に質すことも怠ってはならない。

このキャッチボールが出来て、初めてコミュニケーションや議論が成り立つ。

しかし、現在の情報発信は一方的で、最初から聞く側の理解度を気にしていない節がある。

発信者が重視しているのは、発信した事実、すなわち、「あなたがたが理解できていなくても、我々は伝えました」というアリバイだからだ。

メディアを中心に、日本が「分断社会」に堕していると嘆いている。だが、その「分断」を作り出しているのは、こうしたコミュニケーションの要諦を無視して、アリバイづくりを続けるメディアをはじめとする「おかみ」だという自覚を持って欲しい。

「Perspectives：視線」の連載を通じて、二つに分断された日本語を一つに繋ぎ直し、感情より理性で、今の政治や社会のあり方を、同時代に生きる読者と共に考え、未来を展望しようと努めた。

その成果があった、という手応えはない。

それどころか、新型コロナウイルス対策や五輪開催の狂騒ぶりを見ていると、深刻度は高くなっている。

このままでは、「分断社会」どころか、「断絶社会」、あるいは「ディストピア」が現実になる可能性すらある。

言葉は、無力だ！　独りでは何も変えられない！　と嘆くのはたやすい。

しかし、呆然と立ち尽くしている場合ではない。もっと誠心誠意言葉を尽くし、議論を続けなければならない。

それが、生きていくということだからだ。

絶望と諦観がじわじわと広がってはいるが、一方で、「このままでは、日本は大変なことになる」という危機感が、国民の間で明確になってきた気もする。

だとすれば、諦めず問題をじっくりと見つめ、この閉塞感を打破する突破口を探すのだ。

本書が、その一助になって欲しいと願ってやまない。

2021年7月
まもなく始まる東京五輪を前に

真山仁

謝辞

本作品を執筆するに当たり、関係者の方々から、様々なご助言を戴きました。深く感謝申し上げます。

お世話になった方を以下に順不同で記します。

ご協力、本当にありがとうございました。

なお、ご協力戴きながら、ご本人のご希望やお立場を配慮して、
お名前を伏せさせて戴いた方もいらっしゃいます。

西山公隆、岡戸佑樹、今泉柔剛、稲垣康介、鈴木和洋、青野慶久、広尾学園高校の皆さん、
岡井勇、磯貝智彦、杉本良、小野明、上田小夜子、白坂亜紀、米山秀隆、深山州、
田嶋幸三、高橋謙造、西田亮介、竹山昭子、秋元康、秋元伸介

南島信也、立松朗、各務滋、岡崎明子、日浦統、後藤太輔
金澤裕美、柳田京子、花田みちの、河野ちひろ
捨田利澪、井上史菜、小坂真琴

（順不同・敬称略）

主要参考文献一覧（順不同）

『銀座の秘密――なぜこのクラブのママたちは、超一流であり続けるのか　すご腕女性10人の金言』白坂亜紀著　中央公論新社
『銀座の流儀――「クラブ稲葉」ママの心得帖』白坂亜紀著　時事通信社
『限界マンション――次に来る空き家問題』米山秀隆著　日本経済新聞出版社
『地熱が日本を救う』真山仁著　角川学芸出版
『アディオス！ジャパン――日本はなぜ凋落したのか』真山仁著　毎日新聞出版
『感染症社会――アフターコロナの生政治』美馬達哉著　人文書院
『コンテイジョン』（DVD）スティーブン・ソダーバーグ監督
『コロナ危機の社会学　感染したのはウイルスか、不安か』西田亮介著　朝日新聞出版
『民主主義〈一九四八―五三〉中学・高校社会科教科書エッセンス復刻版』文部省著　西田亮介編　幻冬舎新書
『日本人はなぜ戦争へと向かったのか――メディアと民衆・指導者編』NHKスペシャル取材班編著　新潮文庫
『とめられなかった戦争』加藤陽子著　文春文庫
『ラジオの時代――ラジオは茶の間の主役だった』竹山昭子著　世界思想社
『戦争と放送――史料が語る戦時下情報操作とプロパガンダ』竹山昭子著　社会思想社
『メディア社会――現代を読み解く視点』佐藤卓己著　岩波新書
『48現象　極限アイドルプロジェクトAKB48の真実』ワニブックス

※右記に加え、政府刊行物やHP、ビジネス週刊誌や新聞各紙などの記事も参考にした。

真山 仁《まやま じん》

1962年、大阪府生まれ。87年、同志社大学法学部政治学科卒。同年4月、中部読売新聞（のち読売新聞中部支社）入社。89年11月、同社退職。91年、フリーライターに。2004年、企業買収の壮絶な舞台裏を描いた『ハゲタカ』で衝撃的なデビューを飾る。

主な著書に『売国』『オペレーションZ』『トリガー』『神域』『ロッキード』『プリンス』、「震災三部作」の『そして、星の輝く夜がくる』『海は見えるか』『それでも、陽は昇る』がある。

装幀　水野哲也（Watermark）
写真　朝日新聞社

タイムズ
「未来の分岐点」をどう生きるか

2021年8月30日　第1刷発行

著　者　真山仁
発行者　三宮博信
発行所　朝日新聞出版
〒一〇四－八〇一一　東京都中央区築地五－三－二
電話　〇三－五五四一－八八三二（編集）
　　　〇三－五五四〇－七七九三（販売）

印刷製本　大日本印刷株式会社

Published in Japan by Asahi Shimbun Publications Inc.
ISBN978-4-02-331959-2
定価はカバーに表示してあります。